Ferra Reed
Run jump and trust your heart

Ferra Reed

Run jump and trust your heart

Impressum

Bibliografische Information der Deutschen
Nationalbibliothek:
Die Deutsche Nationalbibliothek verzeichnet diese
Publikation in der Deutschen Nationalbibliografie;
detaillierte bibliografische Daten sind im Internet über
http://dnb.dnb.de abrufbar.
© 2023 Ferra Reed
Lektorat / Testlesen: Julia K. Hilgenberg
Korrektorat: Lektorat Seepferdchen
Covergrafik: Grandfailure / Bearbeitung: Ferra Reed
Herstellung und Verlag: BoD – Books on Demand,
Norderstedt ISBN: 9783752897777

Über die Autorin

Ferra schreibt Romane und Kurzgeschichten für
Jugendliche. Ihre Figuren lachen, weinen und fluchen. Sie
sind Gitarristen, Gamer oder Sportler. Immer mit dem
Herzen bei der Sache, aber niemals perfekt. Und
manchmal greifen sie auch zum Schwert oder beschwören
die Toten.

Kapitel 1

Nathaniel strich Jill durch die Haare. Sie lag mit ihrem Kopf auf seinem Schoß und beobachtete den dunklen Himmel mit den unzähligen leuchtenden Punkten, in der Hoffnung auf eine Sternschnuppe.

Im Lagerfeuer knisterte das trockene Holz, das Meer lag bis zum Horizont vor ihnen. Der Wind des Tages war abgeflaut. Die Wellen hatten ihre Schaumkronen verloren und streichelten den Kies des Strandes. Ihr gleichmäßiges Rauschen bestimmte den Ton der Umgebung.

»So kann es bleiben«, murmelte Steve und gähnte herzhaft, die Arme hinter dem Kopf verschränkt.

Nathaniel sah mit einem Lächeln zu ihm hinüber und nickte. Es ging ihm gut. Er hatte seine Freunde um sich, mit denen er den gesamten Tag am Strand in der kleinen Bucht, ein Stück abseits von Port Cliff, verbracht hatte. Die Unruhe, die er sein Leben lang in sich getragen hatte, legte sich wie die Wellen. Die Wut und die einstige Hilflosigkeit seinem Vater gegenüber, zog sich mit jedem Tag, den er ihn hinter Gittern wusste, zurück.

Nathaniel war innerlich ruhig. Ja, das konnte so bleiben.

»Es sind nur eineinhalb Monate bis zu den Ferien. Das

halten wir auch noch aus. So wie jedes Jahr«, sagte Sarah.

»Nur?«, fragte Steve empört. »Hast du auf dem Schirm, wie viele Tests wir bis dahin schreiben?«

Sarah winkelte die Beine an. »Ich schaue immer nur auf die nächste Woche, alles andere ignoriere ich, bis es so weit ist. Sonst mache ich mich verrückt.«

»Das würde ich auch gerne«, raunte Steve.

»Lasst mich raten, der alte Smith schreibt, bis zu den Ferien, mindestens jede Woche einen Test?«, wollte Nathaniel wissen.

»Auch«, antwortete Steve resigniert. »Habt ihr noch Platz in der Klasse? Ich habe echt keinen Bock mehr.«

Das glaube ich ihm sofort. Nathaniel war nur drei Monate an der Schule von Steve und Sarah gewesen. Aber das hatte gereicht. Der Druck seines Vaters und die hohen Anforderungen der Schule, hatten ihm, wie ein Vampir, die Kraft ausgesaugt. Das Aufstehen am Morgen war ein Kampf gewesen und abends hatte er nur schwer in den Schlaf gefunden. Nathaniel hatte sich in einem Hamsterrad befunden, angetrieben von anderen, deren Tempo er nicht mitgehen konnte.

Wie lange er das noch hätte aushalten können, wenn er sich nicht von seinem Vater befreit hätte? Er wusste es nicht. Eine Woche, ein Monat, ein Jahr? Sein Leben war zu lange davon bestimmt gewesen, die Augen zu schließen und irgendwie weiterzumachen. Er war froh, dass dies vorbei war.

»Ja, danke auch«, beschwerte sich Sarah. »Lass mich da ganz allein. Wenn du gehst, komme ich auch mit.«

»Als würden deine Eltern das erlauben.«

8

»Eher als deine.«

»Bleibt lieber da, wo ihr seid«, sagte Aiden. »Vielleicht ist es bei uns leichter, aber die Schule ist so schlecht, da bekommst du nie 'nen Studienplatz.«

»Doch schon. Aber du musst halt echt gut sein.« Jill setzte sich auf und wandte sich an Nathaniel. »Also richtig, richtig gut. Deswegen verstehe ich auch immer noch nicht, warum du zu uns gekommen bist. Du hättest andere Möglichkeiten gehabt.«

Es gab so viele Antworten, die Nathaniel ihr geben könnte. Für einen neuen Anfang in neuer Umgebung, wieder auf fremde Menschen treffen, an die er sich gewöhnen musste, dazu hätte er nicht mehr die Kraft gehabt. Die Aufarbeitung der Vergangenheit war ein Berg, den er erklimmen musste, und er wollte all seine Energie darauf verwenden. Wenn er das Hier und Jetzt nicht in den Griff bekam, wie sollte er da eine Zukunft haben? Nathaniel wollte daran arbeiten, wieder stabil im Leben zu stehen und herauszufinden, wer er war. Zu stark war der Einfluss seines Vaters gewesen, um ihn in eine Richtung zu lenken, die Nathaniel selbst zuwider war. Aber ihm hatten die Kraft und auch der Mut gefehlt, sich ständig dagegen aufzulehnen, sodass er - ungewollt - einen Teil der Vorstellungen seines Vaters hingenommen hatte. Diese musste er loswerden.

»Nathaniel?«

Er blinzelte. Jill sah ihn an, der Blick ihrer blauen Augen durchbohrte ihn und suchte nach der Antwort, der er ihr immer noch schuldig war.

»Weil ich bei euch sein wollte.« Es war die kürzeste Antwort gewesen. Sie kam aus seinem Herzen und war von seinem Verstand mit einem Lächeln abgenickt.

»Will ich auch«, kam es von Steve mit einem Seufzer. Nathaniel sah ihn mit einer Mischung aus Mitleid und Verständnis an und hoffte, dass er Ersteres nicht mitbekommen hatte. Steves Eltern waren streng. Nicht narzisstisch, wie sein Vater es war, aber viel leichter hatte Steve es dennoch nicht. Nathaniel verstand, dass er aus allem ausbrechen wollte. Er konnte nicht zählen, wie oft er selbst hatte wegrennen wollen. Wenn er seinen Freund jetzt so entspannt dort liegen sah, dann erinnerte es ihn an sich selbst. Damals vor drei Monaten. Je weiter er von seinem Vater entfernt war, desto besser war es ihm gegangen. Er wünschte Steve, dass er sich auch eines Tages von den Erwartungen und dem Druck seiner Eltern befreien konnte.

Nur vielleicht etwas weniger dramatisch.

»Ich würde auch lieber mit euch allen auf eine Schule gehen. Aber was bringt es, darüber nachzudenken? Wir müssen da jetzt noch ein Jahr durch, dann ist es vorbei«, sagte Sarah.

»Ich weiß.« Steve drehte sich auf die Seite, zum Meer. »Ach, da fällt mir ein: Mrs. Bandlow hat mich Freitag auf dich angesprochen, Nathaniel.« Er drehte sich zurück und stützte seinen Kopf auf der Hand ab. »Sie will wissen, wie es dir an der neuen Schule geht.«

Dafür, dass Mrs. Bandlow als so strenge Schulleiterin gilt, macht sie sich ganz schön Gedanken. Nathaniel dachte kurz an sein Gespräch mit ihr zurück. Es war der Anfang vom Ende gewesen, das ihn und seine Mutter endlich von seinem Vater befreit hatte. »Sag ihr, dass es mir gut geht. Ich

10

komme mal vorbei, vielleicht ist sie dann ja da.«

»Dann musst du dich aber beeilen.«

Nathaniel schaute zu Sarah. »Wieso?«

»Sie geht zum Ende des Schuljahres in Rente. Ich hatte gehofft, sie bleibt noch, bis wir unseren Abschluss haben«, antwortete Steve.

»Ich auch«, stimmte Sarah zu. »Das Letzte, was ich brauche, ist in meinem Abschlussjahr noch ein übermotivierter junger Schulleiter, der meint, alles auf den Kopf stellen zu müssen, weil er irgendwelche neuen Ideen hat.«

Aiden lehnte sich zurück. »Bei uns gehen die auch alle, aber nicht in Rente. Da hält kaum einer länger als zwei Jahre durch.« Dann stand er auf. »Ich will noch zu den Steinen, kommst du mit, Sarah?«

»Gerne.« Sie sprang auf. Nah beieinander gingen sie zu den Felsen, die wie ein Steg weit ins Meer hinausführten. Ihre Aufreihung wirkte im ersten Moment künstlich, als hätte sie jemand absichtlich so platziert. Wenn man aber genauer hinsah, konnte man erkennen, dass sie einst zusammengehörten und von den Wellen zu ihrem heutigen Bild geformt waren.

Jill sah Aiden und Sarah nach. »Ich glaube, da bahnt sich was an.«

Der Halbmond spendete noch genug Licht, damit sie gefahrlos von einem Felsen zum anderen springen konnten. Aiden übernahm die Führung und drehte sich nach jedem Sprung zu Sarah um. Ohne Schwierigkeiten folgte sie ihm bis zum letzten Felsen und setzte sich zum ihm an den Rand. Sarah öffnete den Zopf und ließ den sanften Wind mit ihren langen, schwarzen Haaren spielen.

»Könnte sein.« Nathaniel lächelte. Die beiden hatten schon gut zusammengearbeitet, als alle seine Freunde bei der Renovierung der Wohnung geholfen hatten. So waren sie fertig geworden, bevor seine Mutter das Krankenhaus verlassen konnte.

»Könnte?« Jill grinste. »Die Funken kann man doch fliegen sehen.«

»Sie schreiben in jeder Pause.« Steve setzte sich auf. »Ich bin komplett abgemeldet.« Er lachte und wandte sich dann an Nathaniel. Seine Mine wurde deutlich ernster. »Wie geht es dir wirklich? Ich mag vor Sarah nicht fragen, sie nimmt sich alles so schnell zu Herzen.«

Verwirrt sah Nathaniel Steve an. »Gut, habe ich doch gesagt.«

»Das hast du früher oft und dann«, Steve zögerte kurz, »na ja, dann war es ganz anders.«

Nathaniel sah ins Feuer. »Es kommt drauf an, wie man es sieht. Im Gegensatz zu vor ein paar Monaten, geht es mir sehr gut. Ich stehe nicht mehr den ganzen Tag unter Strom. Heute war ich entspannt. Auf einer Skala von eins bis zehn, eine gute Acht.«

»Okay, wo warst du, als dein Vater noch bei euch gelebt hat?«, fragte Jill so leise, dass Nathaniel glaubte, sie hätte es überhaupt nicht laut aussprechen wollen.

»An guten Tagen? Vielleicht eine Zwei?« Er zuckte mit den Schultern. Es war schwer, dies im Nachhinein zu beurteilen. Schließlich lernte er jetzt erst, was es bedeutete, frei zu sein. Ein Tag wie der heutige hätte vor einem halben Jahr noch die Skala gesprengt.

»Wenn ich helfen kann, dann sag es, ja?«

Nathaniel nickte Steve zu. »Ich werde daran denken.« *Er hat es selbst nicht leicht und ist immer der Erste, der mit Hilfe anbietet.* »Den Ton von dir kenne ich. Am Ende willst du wieder alles allein durchstehen. Jill, pass auf ihn auf.«

Sie nahm Nathaniels Hand und drückte sie fest. »Natürlich.«

»Am schlimmsten ist es kurz vor dem Einschlafen. In der Wohnung knackt es oft und dann schrecke ich zusammen, weil ich denke, dass mein Vater plötzlich da ist. Obwohl ich genau weiß, dass das nicht sein kann.« Nathaniel schüttelte den Kopf. »Total bescheuert, ich weiß.«

»Das ist nicht bescheuert. Du warst ständig in Alarmbereitschaft, das muss dein Körper erst mal rauskriegen.«

Er wusste, dass Jill recht hatte. Trotzdem fand Nathaniel es blöd, mehrfach die Nacht wach zu werden und sich dann jedes Mal daran erinnern zu müssen, dass sein Vater nicht da sein konnte. Zumindest schlief er mit dem Gedanken schneller wieder ein.

»Er kann aber nicht früher aus der Haft kommen?«, wollte Steve wissen. »Ich meine so gut, wie er andere täuschen kann.«

»Nein.«

»Nicht, wie er sich aufgeführt hat.« Jill rollte mit den Augen.

Nathaniel konnte dem nur zustimmen. Er war erst nicht begeistert gewesen, dass Jill ihn zum Prozess gegen seinen Vater begleiten wollte. Seine Meinung hatte sich jedoch schlagartig geändert, als sein Vater den Gerichtssaal betreten hatte. Es hatte ihm geholfen, Jill die ganze Zeit in seinem Rücken zu wissen. Dank ihrer mentalen Unterstützung war es ihm gelungen, die Unruhe unter Kontrolle zu behalten.

Der Blick seines Vaters war, die ganze Zeit über, voller Hass gewesen. Für ihn war Nathaniel an allem Schuld. Sein eigenes Verhalten zu hinterfragen, kam ihm nicht in den Sinn. Als sich die Schlinge um seinen Hals immer weiter zuzog, verlor er die Kontrolle. Seine manipulative Seite wurde von der Aggressivität verdrängt. Sein Anwalt hatte ihn mehrfach darauf hinweisen müssen, dass es sich schlecht für ihn auswirken würde, wenn er Sohn und Frau ständig ins Wort fiel. Daraufhin hatte er nur noch mehr getobt. Schließlich würden sie alle nur Lügen über ihn verbreiten.

»Ich bin einfach froh, dass es jetzt vorbei ist. Meine Mutter ist glücklich mit Jason und ich habe euch. Mehr brauche ich im Moment nicht.«

Jill lehnte sich an ihn. »Und ich bin froh, dass ich dich hab.«

Nathaniel legte den Kopf in den Nacken und beobachtete die Sterne über sich. Er war zufrieden. Innerlich ruhig. Ja, die Schule mochte ihm nicht die besten Aussichten bieten. Ja, er hätte andere Möglichkeiten gehabt. Nach so vielen Jahren, die er fremdbestimmt gewesen war, war es sein einziger Wunsch, von einem Moment zum nächsten zu leben.

Die Zukunft? Die war vollkommen offen. Wer sollte schon wissen, was in einer Woche passierte oder in einem Tag? Was für ihn zählte, war das Heute. Er wollte nur sich selbst finden, ohne dass ihm jemand seine Vorstellung davon aufdrückte.

Kapitel 2

Der Streit zweier Möwen weckte Nathaniel am nächsten Morgen. Er rieb sich die Augen, tastete nach seiner Brille, die neben seinem Kopf im Schlafsack lag. Die weißen Flecken auf dem Blau über ihm formten sich zu Wattewolken. Ein Flugzeug zog über den Himmel und hinterließ Kondensstreifen. Nathaniel kroch aus dem Schlafsack. Eine der beiden Möwen trug etwas im Schnabel, was die andere für sich gewinnen wollte. Im Kampf um die Beute, jagten sie sich gegenseitig über den Strand. Die Sonne stand dicht über den Wipfeln der Wälder auf der anderen Seite der Küstenstraße. Nathaniel schloss die Augen, als das erste warme Licht des Tages auf sein Gesicht fiel. Die Freunde waren am Abend noch lange wach geblieben. Jill hatte die Sterne beobachtet, bis ihr die Augen zugefallen waren. Mit ihrer Hand in Nathaniels. Sie bei sich zu wissen, und das leise Rauschen der Wellen, hatte Nathaniel sanft in den Schlaf getragen. Eine Nacht ohne Alpträume. Ohne Aufschrecken. Nur begleitet von der Schwere der Müdigkeit. *So könnte es bleiben.* Nathaniel drehte sich zum Meer. Im

Gegensatz zu Nacht war der Wind aufgefrischt. Die Wellen trugen kleine Kronen und kamen deutlich weiter auf den Strand. Am Abend war der erste Felsen aus der Reihe noch vollständig trocken gewesen, jetzt überspülte ihn das Wasser, wenn es auf das Land traf.

»Hm.« Nathaniel biss sich auf die Unterlippe. Es kitzelte ihn, einen kleinen Run zu versuchen. Eine kleine Challenge. Er würde nur den Moment abpassen müssen, wenn sich die Wellen zurückzogen. Eigentlich ganz einfach. *Dreizehn, vierzehn, fünfzehn*, zählte er die Sekunden, die das Meer den Stein freigab. *Das reicht locker.*

»Na, willst du es noch mal ausnutzen?«

Er zuckte, als Jill ihre Hand auf seine Schulter legte. Nathaniel schaute zu ihr. Der Wind wehte ihren Pony aus der Stirn. Ihre Augen waren noch vom Schlaf verquollen und gleichzeitig blitzte es in ihrem Blau herausfordernd auf.

»Wolltest du etwa den ganzen Spaß für dich allein haben?« Jill grinste ihn an.

»Habe ich dich geweckt?«

Sie stellte sich auf die Zehenspitzen und hielt sich an seinen Schultern fest. »Du weichst aus.«

»Nein, natürlich nicht«, antwortete er schnell.

Jill ließ ihn los und wandte sich zu den Felsen. »Das will ich dir auch geraten haben. Also«, sie stemmte die Hände in die Hüften, »legen wir los?«

»Ich wollte eigentlich erstmal prüfen wie glatt die Steine … Hey, Jill, warte auf mich!« Er schüttelte den Kopf und lachte. Als sie das erste Mal aufeinandergetroffen waren, hatte sie es genauso gemacht: Ihn auf liebevolle Art provoziert und war dann vorausgestürmt. Die Revanche dafür hatte sie, ein paar Tage später, als Jill und Aiden ihm diesen Platz zeigten, bekommen. Da hatte er sie überrumpelt. Seit diesem Tag spielten sie dieses Spiel regelmäßig.

Jill sprang auf den ersten Felsen, bevor die Wellen ihn wieder unter sich begruben, und dann sofort auf den nächsten. Dort drehte sie sich um.»Was ist? Willst du etwa wieder einschlafen?«

Ihre Stimme mischte sich unter das Meeresrauschen und das Kreischen der beiden Möwen, die ihren Kampf um die Beute unerbittlich fortführten.

»Sicher nicht.« Nathaniel wartete eine weitere Welle ab, dann sprintete er los. Er sprang, berührte mit den nackten Füßen den Felsen und stieß sich sofort wieder ab.

»Ah, doch nicht eingeschlafen.« Jill lächelte ihn an.»Weiter?«

»Sicher.«

Jill sprang zuerst. Nathaniel schaute kurz in das Wasser zwischen den Gesteinen. Wenn die Sonne hoch am Himmel stand und das Meer ruhig war, konnte man manchmal ein paar Fische beobachten. Heute war es nur dunkel.

Dann ging er einen Schritt zurück und hielt kurz inne, um diese Zufriedenheit, die sich in ihm aufbaute, zu genießen. Vor der Verurteilung seines Vaters hatte er dies kaum gekannt. Er lief gut und es konnte sicher noch besser werden.

»Du bist viel besser geworden«, kommentierte Jill voller Anerkennung, als er neben ihr auf dem letzten Felsen aufsetzte.

»Ach?«

»Leichter. Freier.« Jill zuckte mit den Schultern.»Ich

weiß nicht, wie ich es anders erklären soll.«

»Ich weiß schon, was du meinst.« Nathaniel schaute zum Horizont. Ein Schiff wurde auf seinem Weg dorthin immer kleiner. »Ich würde gerne wissen, wie viel noch in mir steckt.«

»Dann bist du bereit für etwas mehr Herausforderung?« Er nickte.

Jill warf einen kurzen Blick zurück zu den anderen. »Kannst du haben. Es gibt da ein paar Stellen, in dem alten Industriegebiet, bei denen du mehr Skill als in der Halle brauchst.«

»Aber?«

»Aber was?«

Nathaniel folgte Jills Blick bis zu seinen Freunden, die noch friedlich am ausgeglühten Lagerfeuer schliefen. »Irgendwas hast du.«

»Ich hatte doch diesen Unfall.« Sie zeigte auf ihre Narbe am Knie.

»Ja.« Nathaniel erinnerte sich dunkel daran. Sie hatte es als Grund genommen, um seinen Ellenbogen nach dem Sturz, versorgen zu dürfen. Aber ob sie dabei ins Detail gegangen war, wusste er nicht mehr. An dem Tag waren seine Gedanken zu sehr von der Wut auf seinen Vater vernebelt gewesen. Und von seinem ersten Kontakt mit Jill.

»Ich wollte mehr als ich konnte. Die Mauer war zu hoch für mich. Abstände schätzen, war damals auch noch nicht meine Stärke gewesen. Dann ist es eben passiert. Seitdem war ich nicht mehr dort, weil Aiden sich Sorgen machen würde. Aber ich will es jetzt noch einmal versuchen.« Jill sah wieder zu Nathaniel. »Kommst du mit?«

»Klar, dann kann ich aufpassen, dass du es nicht übertreibst.«

»Du bei mir? Das wäre jetzt neu.«

»Darf doch auch mal sein, oder?«

»Dann am Samstag am alten Wasserturm. Und kein Wort zu Aiden, verstanden?«

»Verstanden.«

**

Erst gegen Mittag packten die Freunde ihre Sachen zusammen und machten sich mit ihren Fahrrädern auf den Weg zurück nach Port Cliff. Immer entlang der Küstenstraße mit ihren Buchten, steilen Hängen, Felsen und den Wäldern auf der anderen Seite. Die Sonne hatte sich gegen die Wolken durchgesetzt und ließ den Pazifik glitzern. Es war noch gar nicht lange her, dass Nathaniel die Strecke zum ersten Mal gefahren war. Damals hatte sich noch alles in ihm verkrampft, als die markanten Klippen der Stadt in Sichtweite gekommen waren. Der Gedanke auf seinen Vater zu treffen, hatte fast alle schönen Erinnerungen des Tages aufgezehrt und mit sich gerissen.

Das war jetzt anders. Der vergangene Tag hallte in all seinen bunten Farben nach. Nathaniel konnte nicht einmal sicher sagen, ob das Ziehen in seinem Magen davon kam, dass er Hunger hatte oder es Muskelkater vom Lachen war. Vorausgesetzt, dass dies überhaupt möglich war. Die Vorstellung gefiel ihm gut, also hinterfragte er es nicht weiter.

Sie kamen an die Gabelung, die mehr war als nur eine Straßenkreuzung. Links ging es hoch zu den Klippen, einem recht neuen Baugebiet der Stadt. Die Einfamilienhäuser reihten sich aneinander und die Bewohner blieben gerne unter sich. Manche sahen diesen Teil der Stadt mehr wie ein eigenständiges Dorf an als zu Port Cliff gehörend. Nathaniel hatte ein halbes Jahr dort gelebt und sich nur wenig um die imaginären Grenzen gekümmert.

»Darf ich dich nach Hause bringen?«, fragte Aiden, als sie an der Kreuzung hielten.

Sarah schaute zu der Serpentinenstraße, die zu den Klippen führte. »Willst du dir echt den Umweg machen?«

»Ach.« Er winkte ab. »Das ist doch kein Umweg.«

Nathaniel, Steve und Jill sahen einander an. Es fiel ihnen schwer, das Grinsen zu unterdrücken.

Um Jills Augen bildeten sich Lachfältchen. Sie und Aiden waren wie Geschwister aufgewachsen und es amüsierte sie jedes Mal, wenn ihr Freund, der sonst ein lockeres Mundwerk hatte, Sarah gegenüber ganz handzahm, fast schon schüchtern wurde.

»Wenn du wirklich die Zeit hast, gerne«, antwortete Sarah.

Steve drehte sein Rad in die entgegengesetzte Richtung der Klippen. »Ich fahre noch zu David, wenn ich schon mal hier unten bin.«

»Okay, dann bis morgen.« Sarah winkte den anderen zu, bevor sie sich mit Aiden auf den Weg machte.

»Du wolltest nicht zu David, oder?«, fragte Jill.

»Wollen immer, aber geplant war es nicht. Ich dachte, die beiden hätten gerne noch etwas Zeit für sich und ich kann zu meinem Freund. Ist doch ein Win-Win für alle.«

Nathaniel sah Sarah und Aiden nach. »Wetten werden

angenommen, wie lange sie noch brauchen, bis sie zusammen sind.«

»Lange«, antwortete Jill trocken.

»Ja, sehe ich auch so«, stimmte Steve zu.

»Meint ihr?«

»Du siehst doch, wie Aiden ihr gegenüber ist. Als würde er über einen gefrorenen See laufen und austesten, ob ihn das Eis trägt.«

»Besser kann ich es nicht beschreiben«, meinte Steve. »Erinnerst du dich, wie sie sagte, sie hätte noch nicht den oder die Richtige gefunden und dass sie es auf sich zukommen lassen will?«

Nathaniel nickte. Im gleichen Atemzug war Sarah damals auch davon ausgegangen, dass Nathaniel sein Herz an Jill verloren hatte. Zu der Zeit war er selbst nicht so weit gewesen.

»Ich glaube, sie hat noch nicht einmal richtig verstanden, was in ihr vorgeht.« Steve lächelte. »Irgendwie süß.«

»Kann gut sein.« Nathaniel hatte auch erst ernsthaft angefangen, über seine Gefühle für Jill nachzudenken, nachdem Aiden ihn direkt darauf angesprochen hatte. Um endgültig zu verstehen, was in ihm vorging, hatte es dann noch ein Gespräch mit Steve und David gebraucht. In seinen Vorstellungen war Liebe immer etwas gewesen, dass wie ein Blitz einschlug. Dass sie sich auch sanft einschleichen konnte, hatte er nicht auf dem Schirm gehabt.

»Auf jeden Fall ist es schön, sie zu beobachten. Das gibt mir mehr als jeder Liebesroman.«

»Du liest Liebesromane?«, fragte Nathaniel.

Mit eisigem Blick sah Jill ihn an. »Ist das so abwegig?«

»Nein«, antwortete er schnell. »Ich habe dich nur noch nie einen lesen sehen.«

»Willst du, dass ich von anderen Pärchen lese, wenn du da bist?« Jill gab ihrem Rad mit einem Bein Schwung und nahm Kurs auf den Rest des Heimwegs.

Nathaniel ließ die Frage unbeantwortet. Manchmal war es einfach besser, zu schweigen.

»Ich hätte das von ihr auch nicht erwartet«, flüsterte Steve.

»Sei bloß leise«, mahnte Nathaniel.

Sie fuhren am Rand des alten Industriegebietes entlang. Der Wasserturm ragte aus der Mitte heraus wie ein stummer Wächter der stillgelegten Anlagen. Hier begann das alte Port Cliff. Der Ort, an dem alles mit einem Sägewerk und einem Hafen begonnen hatte. Die ersten Siedler hatten sich während des großen Goldrausches niedergelassen. Die Holzverarbeitung war, bis zur Industrialisierung, die Haupteinnahmequelle der Stadt gewesen und dann der Schwerindustrie gewichen. An die goldenen Zeiten der Stadt, in der sie teils schneller gewachsen war, als man mit dem Bau neuer Wohnungen hinterhergekommen war, erinnerten heute nur noch wenig. Die Gebäude zerfielen und die Natur eroberte sie zurück. Die zunehmende günstigere Konkurrenz, aus anderen Ländern, und die sinkende Nachfrage an den hergestellten Gütern, hatte der Industrie in Port Cliff einen schleichenden Tod beschert.

Für Nathaniel und seine Freunde war dieser Ort zu einer Zuflucht geworden. In einer der vielen Hallen in der Nähe der alten Werft trafen sie sich, um ihre Parkour-Fähigkeiten auf die Probe zu stellen. Stunden, die Nathaniel alle Freiheit dieser Welt gaben, und er beobachtete seinen eigenen Fortschritt mit voller Zufriedenheit.

Bevor sie nach Port Cliff gezogen waren, hatte er das Gefühl, auf der Stelle zu treten, während sich alle anderen mit Siebenmeilenstiefeln weiterentwickelten. Nach dem Umzug hatte sein Vater dann den Druck so erhöht, dass es kaum noch weniger Zeit für das Training gehabt hatte. Nathaniels Ausdauer und Kraft waren zurückgegangen und seine Trainingskurve hatte einen ordentlichen Back-Flip gemacht. Inzwischen hatte er sein Ziel, seinen alten Stand wieder zu erreicht, mehr als übertroffen. Mit freien Gedanken sprengte er eine persönliche Grenze nach der anderen und mit Jill hatte er eine Trainingspartnerin, die ihn noch zusätzlich anspornte.

Das Industriegebiet ging fließend in die Wohnblocks der alten Viertel über, wie sie die Bewohner nannten. Die Straße, die direkt an das Industriegebiet grenzte, glich einer Geisterstadt, doch je weiter die Freunde ihren Weg ins alte Viertel fortsetzten, desto mehr belebten sich die Straßen.

Auf der einen Seite reihten sich die schmalen, mehrstöckigen Wohnhäuser aus Backsteinen aneinander, oft mit kleinen Läden im Erdgeschoss und den typischen Feuerleitern an den Fronten. Die am Sonntag geschlossenen Läden waren mit dicken Rollläden gesichert.

Auf der anderen Seite standen schmale Bauten mit jeweils drei Stockwerken. Früher wohnte in jeder Etage eine Familie, inzwischen waren sie zu Einfamilienhäusern umgebaut.

Kinder fuhren mit ihren Rollern, ein Mann reinigte seine Einfahrt mit einem Hochdruckgerät. Eine Frau stand auf der Leiter und schliff einen Fensterrahmen. Jedes Haus hatte einen kleinen Vorgarten, so breit wie das Gebäude selbst. Bei den meisten grenzte ein kniehoher Zaun den Rasen vom Nachbargrundstück ab. Ein wenige Schritte langer Weg führte zu den Eingangstüren.

Auf den ersten Blick eine friedliche Idylle, wenn auch mit leicht heruntergekommenen Häusern und einer Straße mit Schlaglöchern, tief genug, dass man darin Fische aussetzen konnte, wenn Regen gefallen war. Die Stromversorgung verlief überirdisch. Kabel hingen an Masten über die Straße.

An einem von ihnen baumelten ein paar Schuhe. Es zeigte die traurige Seite dieses Stadtteils. Die Gangs waren ein fester Bestandteil, perspektivlos und angefixt durch billige Drogen, die das Elend für einen Moment erträglicher machten. Deren Verkauf versprach einen trügerischen Ausweg aus der Spirale, die sich dadurch nur noch weiter abwärts drehte. Starb ein Gangmitglied, hängten die anderen seine Schuhe über der Straße auf, um den Toten zu ehren.

Mit jedem Tag, den Nathaniel länger in dieser Gegend wohnte, schärfte sich sein Blick für die Umgebung. Er erkannte die Gangmitglieder, die sich in kleinen Gruppen an Bänken, Bushaltestellen oder in den Ecken von Supermarktparkplätzen sammelten. Jede Gang hatte ihr Revier. Anders als in den großen Städten wie Seattle oder L.A. beschränkte es sich in diesem Teil von Port Cliff auf einzelne Straßen oder Abschnitten von diesen. Oft hatten sie Shirts in einer Farbe, mit der sie sich identifizierten, oder trugen nur bestimmte Marken. Das machte es der Polizei auf der einen Seite leichter, konnte aber auch zu ungewollten Verdächtigungen führen. Grüne Shirts waren in Nathaniels Straße unvorteilhaft.

Steve verabschiedete sich an einer Kreuzung von ihnen. Wenige Minuten später blieben Nathaniel und Jill vor einem grauen Gebäude stehen. DOCTOR war in einem Graffiti Schriftzug im Bogen über der Tür geschrieben. Kurz nach der Übernahme der Praxis hatte Nathaniels Mutter einen jungen Mann erwischt, der sich mit Farbe an der Hauswand zu schaffen machte. Sie hatte ihm daraufhin die Wahl gelassen, ob sie die Polizei rufen sollte oder er ihr als Wiedergutmachung diesen Schriftzug über die Tür sprayte.

Nathaniel schaute Jill nach einem Abschiedskuss nach, bis sie um die Ecke gefahren war, dann schob er sein Rad in den Hinterhof. Durch den vorderen Eingang kam man in die Praxisräume, durch den hinteren ging es in das Treppenhaus, dass zu den anderen Stockwerken führte. Unter dem Dach wohnte Nathaniel seit drei Monaten mit seiner Mutter.

Mit Betreten der Wohnung kam ihm heiße, stickige Luft entgegen. Er stellte seinen Rucksack neben der Tür ab und riss alle Fenster auf. Im Moment war es draußen angenehmer als drinnen. Im Hochsommer würden sie hier richtig Spaß haben.

Nathaniel nahm eine Dusche und band sich die nackenlangen, braunen Haare nur zusammen. Zum Föhnen war es ihm eindeutig zu warm. Er entschied sich für ein spätes

Frühstück. Seine Mutter würde sicher bald von Jason – ihrem neuen Lebensgefährten - zurückkommen und hatte vielleicht Hunger.

Er kniete sich vor das Regal mit der CD-Sammlung seiner Mutter, die sie über all die Jahre vor ihrem Mann retten konnte. Für ihn waren es nur nutzlose Staubfänger gewesen. Heute war schließlich alles digital. Da musste nichts herumstehen.

Nathaniel fuhr mit dem Zeigefinger über die Titel und zog dann eine CD von *Queen* heraus. Mit *We will rock you* im Ohr, suchte er alles zusammen, was er für ein paar Pancakes brauchte.

Er schlug die Eier auf und sang dabei leise mit. Als er die Milch, Eier und das Mehl mit dem Mixer vermischte, wurde er lauter, um das Gerät zu übertönen.

Singen, auch damit hatte er erst bewusst begonnen, seit er hier wohnte. Musik über den PC und Lautsprecher laufen zu lassen, hatte sich Nathaniel bei seinem Vater nicht getraut. Für ihn war es unnötiger Lärm, der ihn bei der Arbeit störte, wenn er denn mal zu Hause gewesen war. Kopfhörer waren keine Option gewesen. Auch jetzt richteten sich Nathaniels Nackenhaare auf, wenn er daran dachte, sein Vater hätte unbemerkt hinter ihm stehen können, weil er ihn durch die Musik nicht gehört hatte.

Nathaniel stellte die Pfanne auf den Herd. Der Song wechselte.

Wie viel habe ich wegen meines Vater nicht gemacht?

Da fiel ihm eine Menge ein, während er der Butter beim Schmelzen zusah. Eigentlich wollte er darüber nicht nachdenken, sondern lieber seine neuen Freiheiten genießen.

Es waren so viele, dass er am Anfang nicht wusste, wie er damit hatte umgehen sollen. Er hatte sich wie ein Tier gefühlt, das man nach ewiger Käfighaltung in die Wildnis entließ. Auch heute ertappte er sich noch dabei, dass er erst überlegte, wie sein Vater reagieren würde, bevor er mit etwas begann.

Wann das aufhörte? Das stand in den Sternen. Aber es wurde weniger.

Nathaniel goss den Teig in die Pfanne, als er hörte, wie die Tür aufgeschlossen wurde.

»Das riecht aber gut.« Seine Mutter kam schnuppernd in die Wohnküche. »Seit wann bist du schon hier?«

»Halbe Stunde oder so.« Nathaniel blieb mit seinem Blick bei dem backenden Pancake. Bei seinem ersten Versuch, nach dem Umzug, waren sie etwas sehr dunkel geworden. Fast wie Kohle.

»War es schön?«

»Ja, eigentlich wollten wir eher nach Hause, aber wir sind hängen geblieben.«

»Das ist gut.« Seine Mutter brachte ihre Tasche ins Schlafzimmer. »Dann brauche ich ja kein schlechtes Gewissen zu haben, wenn ich mal eine Nacht nicht da bin.«

»Mum, ich bin siebzehn! Nicht sieben. Ich kann auf mich aufpassen.«

»Ja.« Sie schaute aus der Tür. »Ich war auch mal siebzehn.«

»Was soll das denn jetzt heißen?«

»Das weißt du genau.«

Nathaniel verzog das Gesicht. »Wie lange willst du noch darauf rumreiten?«, fragte er genervt.

Sie lehnte sich an den Türrahmen und verschränkte die Arme. »Du hättest dich ja nicht betrinken müssen. Selbst schuld.«

»Wie hätten wir auch wissen sollen ...«, begann Nathaniel seine Verteidigung, gab aber auf, als seine Mutter breit grinste. Zumindest war sie nicht mehr sauer auf ihn.

»Wer noch nie was getrunken hat, für den reichen eben auch kleine Mengen.«

Nathaniel schnaubte. »Danke. Das habe ich auch gemerkt.« Er nahm den ersten fertigen Pancake aus der Pfanne und legte ihn auf den Teller. »Willst du ihn?«

Spielerisch skeptisch hob seine Mutter eine Augenbraue. »Ich habe ein bisschen Angst, dass du mir gerade jetzt den ersten geben möchtest.« Sie lachte und nahm ihn dennoch an.

Wie hätte es sein können, wenn sie ihn schon viel eher verlassen hätte? Nathaniel hatte seine Mutter nie so viel lachen sehen wie in den vergangenen Monaten. Ihre Augen hatten diesen trüben Schleier verloren, hinter den er früher nur selten hatte blicken können.

Mit einem Teller voller Pancakes setzte er sich schließlich zu seiner Mutter an den Esstisch. Sie erzählten sich von ihrem Tag. Ganz entspannt, mit Lachen und voller Aufmerksamkeit füreinander. Es fühlte sich gut an.

Dennoch blieben bei Nathaniel Zweifel, ob es echt war. Er hatte sich zu oft selbst vorgespielt, dass alles in Ordnung war. Diese Welt, die er dort erschaffen hatte, war zu einer zweiten Realität, zu einem zweiten Nathaniel geworden. Er hatte oft den Eindruck, dass sein wahres Ich wie ein Geist neben einer toten Hülle stand. Irgendwann hatte er nicht mehr zwischen seinen echten Gefühlen und denen für die Außenwelt unterscheiden können.

»Barons Eltern haben mich gestern angerufen«, sagte seine Mutter.

Nathaniel hob ruckartig den Kopf. »Was wollten sie denn?« In seinem Magen braute sich sofort die Unruhe zusammen, sodass kein Stück Pancake mehr Platz hatte. Alles, was mit seinem Vater zu tun hatte, endete in der Regel schlecht.

»Uns besuchen.«

»Hältst du das für eine gute Idee?« Nathaniel war sich unsicher.

Seine Mutter lehnte sich zurück. »Sie haben sehr deutlich gemacht, dass sie keinen Kontakt mehr zu ihm haben und es auch nicht ändern wollen. Sie sind enttäuscht von ihm, können sich immer noch nicht vorstellen, wie er sie sein Leben lang so täuschen konnte. Also warum nicht? Du weißt genau, wie Baron war. Er hat so viele hinters Licht geführt, da machen seine Eltern keine Ausnahme, so selten, wie sie sich gesehen haben. Vielleicht hatte es auch genau diesen Grund, weil er Angst hatte, sie könnten ihn durchschauen.« Sie zwinkerte ihrem Sohn zu. »Du weißt, wir Mütter wissen oft mehr über unsere Kinder als sie denken.«

Grundsätzlich gab er seiner Mutter recht. Nur kannte er seine Großeltern kaum. Sein Vater hatte nur wenig Kontakt zu ihnen zugelassen und so waren sie für Nathaniel nur Familienmitglieder, die er ein paar Male im Jahr auf Feiern gesehen hatte. Eine Bindung zu ihnen hatte er nicht. Sein Opa war ein Workaholic wie sein Vater, seine Oma ein unbeschriebenes Blatt.

»Ich weiß nicht, wie ich mich ihnen gegenüber verhalten soll.«

»So wie du bist.« Sie lächelte ihn aufmunternd an.

Wie ich bin? Und welchen Teil von mir soll ich zeigen?

»Ich will, dass du mit darüber entscheidest. Wenn du sie im Moment noch nicht sehen möchtest, dann ist das in Ordnung.«

»Ich?« Nathaniel zeigte auf sich. »Warum?«

»Weil ich nicht über deinen Kopf hinweg entscheiden möchte. Du bist siebzehn, wie du so schön sagst. Wenn du den Kontakt nicht möchtest, dann . . . «.

»Nein, ist schon in Ordnung.« War es das wirklich? »Es kam nur etwas plötzlich.«

»Für mich auch und da wir schon mal dabei sind.« Ihre Stimme wurde ernst. Sie schob den Stuhl zurück und ging zur Kommode, nahm einen Brief aus der obersten Schublade und gab ihn Nathaniel. »Der ist schon am Freitag angekommen, aber ich wollte ihn dir nicht vorher geben, damit du das Wochenende genießen kannst.«

»Von seinem Anwalt?«, murmelte Nathaniel, als er den Absender las. Damit war er schon bedient.

»Ganz speziell an dich gerichtet.«

Nathaniel überflog die Zeilen. *Mein Mandant vermisst seinen Sohn sehr und hat um ein baldiges Treffen gebeten?* Er steckte den Brief zurück. »Hättest du mir das nicht vor dem Essen geben können? Ich könnte kotzen, wenn ich das lese.«

»Meine Anwältin geht davon aus, dass es sicher nur ein Versuch ist, einen guten Eindruck zu hinterlassen und

31

vielleicht die Haft abzukürzen.«

»Dafür muss man nicht Anwalt sein.« Er schob seiner Mutter den Umschlag wieder zu. »Denkt er wirklich, dass ich auf sowas hereinfalle? Selbst wenn es echt wäre, könnte er mich mal.«

Nathaniel stand auf. Um seine Unruhe unter Kontrolle zu bringen, ging er in der Wohnküche auf und ab. »Kann er uns nicht einmal in Ruhe lassen, wenn er im Knast sitzt? Gehe ich nicht hin, kann er auf trauernden Vater machen, der alles bereut. Dann hat er wieder gewonnen, weil er es für sich nutzen kann. Wenn ich diese *Einladung* annehme, hat er auch gewonnen. Egal, was ich mache, irgendeinen Vorteil hat er immer.«

Und allein mit dem Brief hatte sein Vater es geschafft, wieder einen Teil des Platzes im Leben von Nathaniel und seiner Mutter zu erschleichen, der ihm nicht zustand.

»Baron ist zu lange mit allem durchgekommen. Deswegen wird er auch weitermachen. Das Einzige, was er kann, ist Menschen zu manipulieren.«

Nathaniel schaute zu seiner Mutter. Der Glanz war aus ihren Augen gewichen. Vor ihm saß zwar nicht die ängstliche Frau, die er gefunden hatte, nachdem sein Vater sie eingesperrt hatte. Aber ihre starre Haltung und der fest auf den Umschlag gerichtete Blick zeigten, wie hilflos und wütend sie sich in der Situation fühlte.

Nathaniel ging es genauso.

Er ist nicht dumm. Aber das war er ja nie, sonst hätte er nicht die ganze Zeit alles so unter Kontrolle haben können. Was mache ich jetzt?

Sein Vater hatte es geschafft, ihn aus dem Gefängnis mit

dem Rücken an die Wand zu manövrieren. Wie manipulativ konnte ein Mensch sein? Sicher würde jeder Richter, der sich in die Akten einlas, verstehen, wenn Nathaniel nicht hinging. Trotzdem begehrte eine leise Stimme in seinem Unterbewusstsein auf und kämpfte sich bis an die Oberfläche.

»Ich werde gehen.« Diese Stimme war schneller gewesen als sein Kopf.

»Was?«

»Um ihm deutlich zu sagen, dass ich nichts mehr mit ihm zu tun haben will. Seine Spielchen kann er sich sonst wohin schieben.«

»Du musst das nicht.«

Eigentlich wollte er es auch nicht. Noch bei der Verkündung des Urteils hatte Nathaniel sich geschworen seinen Vater nie wiederzusehen.

»Ich weiß.«

»Dann lass es doch. Du musst niemandem etwas beweisen«, widersprach seine Mutter.

»Ich will ihm noch einen Sieg nicht gönnen.«

»Hast du nicht gerade gesagt, egal, was du tust, es wird immer ein Sieg für ihn sein? Oder hast du irgendetwas vor?«

»Ich werde ihm sagen, dass er uns in Ruhe lassen soll.«

Seine Mutter stand auf und ging zu ihm. »Nathaniel, du hast genug durchgemacht. Ich kann ihm das auch durch unsere Anwältin sagen lassen. Das musst du nicht tun.«

»Wenn ich ihn eine Woche zappeln lasse, denkt er sicher, ich wäre eingeknickt. Er glaubt, er hat mich in der Hand, weil ich Angst vor ihm habe. Habe ich aber nicht. Ich stelle mich ihm.«

»Schlaf über deine Entscheidung, ja? Das ist jetzt aus dem Bauch heraus und sicher mit einer Menge Wut entstanden.«

»Deswegen will ich ja auch noch etwas Zeit.« Außerdem musste er sich die Worte genau zurechtlegen und auf alle erdenklichen Szenarien vorbereitet sein. Sein Vater glaubte, er kannte seinen Sohn. Das tat er nicht. Aber Nathaniel hatte verstanden, wie sein Vater funktionierte.

Seine Mutter legte ihm die Hände auf die Schultern und sah ihm tief in die Augen. »Ich will nicht, dass er dir noch einmal wehtut. Überleg es dir gut.«

»Ich schaffe das«, antwortete Nathaniel voller Überzeugung. Schließlich hatte er ihm schon zweimal gezeigt, wozu er fähig war, wenn es sein musste.

»Das bezweifle ich auch gar nicht. Dennoch ... « Seine Mutter knetete ihre Hände.

War es Teil des Plans seines Vaters? Seine Ex-Frau unsicher zu machen und einen Keil zwischen Mutter und Sohn zu treiben? Das konnte er vergessen!

»Er kann mir nichts mehr. Da wird eine Wand zwischen uns sein und selbst wenn nicht, ich bin schneller und er weiß das.« Nathaniel zwinkerte selbstbewusst, um seiner Mutter die Sorge zu nehmen.

»Ja, das bist du.«

»Und seitdem bin ich noch mal eine Ecke besser geworden.«

»Ich war damals schon überrascht, was du konntest. Vielleicht sollte ich mir mal ansehen, was du so treibst.«

Nathaniel kratzte sich im Nacken. »Also, manches siehst

34

du besser nicht.«

Seine Mutter lenkte bewusst auf ein anderes Thema. Das tat sie oft, wenn es zu viel wurde. Nathaniel machte es genauso und sie hatten sich inzwischen gut damit eingespielt. Das Thema war damit nicht erledigt, nur auf einen Zeitpunkt verschoben, in dem sie beide wieder die Kraft dafür hatten. Sicher hatte sie das ganze Wochenende darüber gegrübelt, wann und wie sie Nathaniel von dem Brief erzählen sollte. Morgen konnten sie weitersprechen. Ganz sicher.

»Nathaniel? Muss ich mir doch Sorgen machen, wenn du weg bist?«

»Nein, nein. Wir sind schon vorsichtig, aber wenn du es nur von außen siehst ...« Er seufzte auf ihren forschenden Blick hin. »Ich frage Jill, ob sie beim nächsten Mal ein paar Videos macht, in Ordnung?«

»Und dann darf ich natürlich nur das sehen, was du für deine alte Mutter angemessen hältst?«

»Ganz genau.«

»Na gut. Ich denke mal, dass du beim Parkour mehr Kontrolle hast als beim Alkohol.«

»Mama!« Warum grub sie das jetzt schon wieder aus? Sie lachte. »Das musste sein.«

Nathaniel verzog das Gesicht. »Das waren die Kopfschmerzen meines Lebens. Nie wieder mach ich das. Reicht das jetzt?«

»Na, dann hast du ja wenigstens draus gelernt.«

Kapitel 3

»Platz da!« Dean rempelte Nathaniel kräftig mit der Schulter an, auch wenn auf dem Flur genug Platz gewesen wäre, damit sie beide ohne Probleme aneinander vorbei gepasst hätten. *Er kann es nicht lassen.* Nathaniel sah Dean nach. »Langsam nervt es, warum macht er immer noch weiter? Er merkt doch, dass er mich nicht provozieren kann.«

Jill nahm Nathaniels Hand. »Weil er es bis jetzt bei jedem geschafft hat. Außerdem lachen die beiden Mädchen über ihn. Ich hab's in der Umkleide gehört.«

»Weiß er davon?«

»Kann sein.«

Nathaniel war kein Freund von Schadenfreude, dagegen wehren konnte er sich in diesem Fall nicht. Dean hatte Jill schon seit Jahren im Visier seiner Mobbingattacken und es war Nathaniel eine Freude gewesen, ihn mit einem Selbstverteidigungsmove auf den Boden zu bringen. Bis heute wusste Dean nicht, dass Nathaniels Drohungen, ihm noch mehr anzutun, ein Bluff gewesen waren. Es blieb zu hoffen, dass er es auch nicht herausfand.

Nathaniel und Jill betraten das Treppenhaus und gingen ins Erdgeschoss. Die Pausenhalle der Schule war voll, sodass sie hintereinandergehen mussten.

Diese Mengen an Schülern hatte Nathaniel am Anfang erschlagen. Das Gebäude war viel zu klein, aber es war die einzige weiterführende Schule der Gegend und deswegen platzten die Klassen aus allen Nähten. Dabei waren nicht einmal alle Schüler da. Ein paar aus seinen Kursen hatte er in den ganzen zwei Monaten nie gesehen.

Aiden wartete bei den Spinden auf sie. »Na endlich.«

»Können wir auch nichts für.« Jill schloss ihren Schrank auf und tauschte die Bio- gegen die Mathebücher. »Sie hat überzogen.«

»Wie immer.«

So ärgerlich es für Nathaniel war, öfter eine kürzere Pause zu haben, er konnte die Lehrerin verstehen. Der Kurs war zu groß und es gab ein paar Schüler, die jedes Mal versuchten, den kompletten Unterricht zu sprengen. Etwas, wovon sich die junge Lehrerin nicht beeinflussen ließ. Sie kam selbst aus den alten Vierteln und kannte die Bedingungen, unter denen viele ihrer Schüler lebten. So tat sie alles, was in ihrer Macht stand, um ihnen die besten Grundlagen für ihr späteres Leben mitzugeben. Das machte sie beliebt. Zumindest bei den meisten.

»Gehen wir raus?« Jill zeigte auf die Eingangstür.

Auf dem Hof hatten sich Grüppchen gebildet. Ein paar Mädchen probierten die neusten TikTok-Tänze aus, das aufgemalte Basketballfeld wurde bespielt und es hatten sich einige Zuschauer gefunden. Zwischen Schulmauer und Gebäude hockten einige Schüler, die Hausaufgaben abschrieben.

»Warum ist das schon wieder so warm?«, fragte Jill und hielt sich die Hand schützend vor die Augen, als sie in den Himmel schaute.

»Sei froh, dass du keine Schuluniform tragen musst«, sagte Nathaniel mit dem Gedanken an die Krawatte, die ihm immer, wie ein Strick vorgekommen war.

»Hattet ihr nicht 'ne Klimaanlage?«

»Ja, schon. Aber draußen hilft die auch nicht.«

Sie hatten Glück und fanden noch einen Platz im Schatten unter einem der Bäume, am Rand des Geländes. Nathaniel setzte sich auf den Boden und sah Dean aus dem Gebäude kommen. Er blieb an der Tür stehen, suchte den Schulhof ab. Er drehte sich, kurz nachdem er Nathaniel entdeckt hatte, um und ging wieder rein.

»Hat der jetzt echt geschaut, ob du allein bist?« Aiden schüttelte den Kopf, seine blonden Locken hüpften dabei.

»Kann sein.« Nathaniel zuckte mit den Schultern. Es war nicht das erste Mal, dass Dean ihn in der Pause aus der Ferne beobachtete und verschwand, wenn jemand bei Nathaniel war.

Aiden ging in die Hocke. »Du nimmst das ein bisschen locker.«

»Du hast selbst gesagt, dass er nur Sprüche klopft.« Nathaniel lehnte sich an den Baumstamm. »Soll er nur.«

»Bisher hat er jeden irgendwann so weit gehabt, dass . . .«

»Bisher.« Nathaniel grinste. »Mich nicht.« Er dachte an seinen Vater. Dean war nichts gegen ihn.

»Das haben sicher auch schon andere gedacht«, warf Jill ein. »Der wartet nur ab, bis du allein bist.«

»Ja, dann provoziert er mich, bis ich durchdrehe und er sich als Opfer darstellen kann. Kann er vergessen. Was macht es dem überhaupt so einen Spaß daran?«

»Was weiß ich? Aber was tust du, wenn er irgendwann abdreht, weil du ruhig bleibst«, wollte Jill wissen.

»Dann bin ich schneller, außerdem weiß er nicht, dass ich geblufft habe.«

Jill setzte sich zu den beiden. »Ich mache mir trotzdem Gedanken.«

»Solange er dich jetzt in Ruhe lässt, ist mir egal, was er tut.«

Jill musterte ihn für die Aussage mit wachsender Sorge im Blick. »Wie lange hältst du das aus?«

Nathaniel unterdrückte ein Schmunzeln. Was Dean da abzog, war Kindergarten gegen das, was er in der Grundschule mitmachen musste. Anrempeln, Sprüche, das steckte er weg. Und gegen die Jahre mit seinem Vater war das absolut gar nichts. Außerdem war er nicht allein.

»Solange er weitermacht.«

»Das kann nicht dein Ernst sein.«

»Wo sie recht hat«, mischte sich Aiden ein.

»Dann mach 'nen Vorschlag, was ich tun soll.«

Darauf kam von seinen beiden Freunden nur ein Schweigen.

»Na also.« Nathaniel verschränkte die Arme hinter dem Kopf. »Er ist nervig. Mehr nicht. Bisher hat er immer bekommen, was er wollte, und ich glaube, er macht nur weiter, um sein Gesicht nicht zu verlieren. Denn dann sehen alle, dass er eigentlich ein ganz kleiner ...«

»Entschuldigung.« Ein Mädchen mit schulterlangen rotblonden Haaren und schüchternen Blick stand vor ihnen. Nathaniel hatte nicht einmal bemerkt, dass sie der Gruppe nähergekommen war, so tief war er im Gespräch mit Jill und Aiden gewesen.

»Ja?«, fragte Jill.

»Ähm«, das Mädchen wandte sich an Aiden. »Bist du der Bruder von Calvin?«

»Ja, bin ich.«

»Ich heiße Shelly.« Sie rieb sich die Arme. »Kommt dein Bruder heute nicht in die Schule?«

»Nein, ihm ging es nicht gut. Er ist zu Hause.«

»Ach so. Danke.« Sie drehte sich um und kehrte zurück zum Gebäude, den Blick dabei auf den Boden gerichtet.

»Hat Calvin eine Freundin?«, wollte Jill wissen.

»Keine Ahnung. Aber er redet nicht mehr mit mir, seit ich mit Nathaniel befreundet bin.«

»Immer noch? Habe ich in den letzten Wochen irgendwas gemacht, dass es wieder schlimmer ist?«

»Du existierst, du hast auf den Klippen gewohnt. Das reicht. Außerdem gefällt es ihm nicht, dass Sarah und Steve jetzt auch noch dabei sind.«

Nathaniel hatte gedacht, dass sich Aidens jüngerer Bruder nach einer Weile an ihn gewöhnte und einsah, dass seine Vorurteile auf ihn nicht zutrafen. Schließlich hatte Aiden auch schnell gemerkt, dass man mit Nathaniel gut auskommen konnte, und inzwischen waren die beiden ein Team, bei dem sich jeder blind auf den anderen verlassen konnte.

»Gib ihm Zeit«, meinte Jill.

»Ich sag doch auch gar nichts. Ich verstehe ihn ja auch.«

»Das ist gut. Aber richtig ist es nicht von ihm«, sagte Aiden.

Nathaniel nahm die eisigen Blicke von Calvin hin. Seit sie sich das erste Mal begegnet waren, war er ein Feindbild für Aidens kleineren Bruder. Das älteste der drei Geschwister hatte in der inzwischen stillgelegten Werft gearbeitet und der damalige Besitzer lebte auf den Klippen. Das und die Tatsache, dass einige der ehemaligen Fabrikbesitzer, die jetzt lieber in Billiglohnländern produzierten, dort wohnten, reichte für Calvin, um alle anderen Menschen auf den Klippen in Sippenhaft zu nehmen. Nathaniel setzte auf die Zeit und hoffte auf die Einsicht von Aidens Bruder, die hoffentlich irgendwann eintrat.

»Nathaniel?« Jill tippte ihm auf die Schulter.

»Ähm, ja?«

»Du hast mir gerade überhaupt nicht zugehört, oder?«

»Ich, nein, sorry.« Wie lange war er wieder in Gedanken gewesen?

»Kommst du heute Nachmittag mit zur Halle? David hat in der Gruppe gefragt, ob wir für ihn Modell stehen. Er möchte an einem Fotowettbewerb teilnehmen.«

Nathaniel zog das Handy aus der Tasche und las die komplette Nachricht. »*Port Cliff in Bewegung*? Hört sich gut an, ich bin dabei.«

»Aiden?«

Der schüttelte den Kopf. »Ich bin mit Sarah verabredet, sie will mir bei Chemie helfen, damit ich da mal was reißen kann.«

Jill schaute ihn forschend an. »Lernen? Das hast du sonst immer mit mir gemacht. Bin ich dir nicht mehr gut genug?«

»Ja, doch. Aber ... Ich meine ...«

Alles klar. Komplett verknallt, dachte Nathaniel, während Aiden weiter stammelnd nach einer Begründung suchte, weshalb er mit Sarah lernen wollte.

»Du hast jetzt Nathaniel und ihr sollt Zeit für euch haben.«

»Ach«, machte Jill. »Das ist wirklich nett von dir, dass du an uns denkst.« Sie beließ es dabei. Ihre Mundwinkel zuckten verspielt.

Sie dachte das Gleiche wie Nathaniel, da war er sich sicher.

Kapitel 4

Am Nachmittag in der Halle waren Deans Blicke vergessen. Dieser Ort war der Treffpunkt der Freunde. Egal, wohin sie am Tag noch wollten. Hier hatte Nathaniel Jill im Arm gehalten, als sie das Mobbing von Dean nicht mehr ausgehalten hatte. Hier war Nathaniel das erste Mal auf Aiden getroffen und hatte er auch am gleichen Tag an den Vorurteilen seines heute besten Freundes kratzen können.

Auch Steve war gekommen. Mit dem Skateboard unter dem Arm betrat er die Halle und seine Miene hellte auf, als er David sah.

Nathaniel nickte zufrieden. Es war erst ein paar Wochen her, dass er Steve gefragt hatte, ob er nicht auch hin und wieder dazukommen mochte. Ein bisschen Ablenkung von der Schule und allem anderen, was ihm Druck machte. Es hatte funktioniert. Auch wenn Steve mit Parkour nicht viel anfangen konnte, hatte er in der Halle einen Platz gefunden, an dem er in Ruhe Skateboard fahren konnte.

»Danke, dass ihr mir Modell steht«, sagte David und fuhr sich etwas verlegen durch die blauen Haare am Hinterkopf. Als ältester der Gruppe, sah er sich eher wie einen großen Bruder für alle, der immer ein offenes Ohr hatte. Die anderen um Hilfe zu bitten, war ihm unangenehm.

»Das machen wir doch gerne. Was hast du dir vorgestellt?«, wollte Jill wissen.

»Tja«, David ließ seinen Blick einmal durch die Halle schweifen. Darin verteilt standen noch die Betonpfeiler in unterschiedlichen Höhen, die einst als Ankerpunkte für Transportbänder dienten. Es musste mehrere Ebenen gegeben haben, aber, wie auch in den anderen Gebäuden, hatte man das meiste Metall abgebaut. Die armdicken Löcher in den Wänden verrieten die Positionen der ehemaligen Halterungen.

»Ich hatte erst überlegt, ob wir das hier machen, nur der Hintergrund stört mich. Er ist mir zu eintönig und außerdem könnte so eine Halle in jeder Stadt sein. Ich dachte jetzt eher an den alten Hafen, bei der Werft. Das Gerippe von dem Schiff kennt jeder, der hier wohnt.« Er sah in die Runde. »Passt euch das?«

»Die alten Laderampen wären auf jeden Fall was für mich«, sagte Steve.

»Und für uns ist es ein Heimspiel, so oft wie wir dort trainieren.« Nathaniel sah zu Jill, die daraufhin nickte.

»Gut, machen wir uns auf den Weg, bevor das Licht zu schlecht wird.«

Bis zum Hafen war es nicht weit. Hinter der Halle konnte man schon die Kräne des Trockendocks erkennen. Ihre Köpfe erinnerten an Schwäne, die auf ihr Nest schauten und in diesem Fall warteten sie vergebens darauf, dass ihr Küken endlich flügge wurde. Der Rumpf eines Containerschiffes lag verborgen hinter den Mauern. Nur seine

Aufbauten, nicht mehr als das Gerippe eines Geisterschiffes, ragten darüber.

Dieses Schiff war die Hoffnung aller Werftarbeiter gewesen. Jetzt nutzten es die Seevögel der Umgebung. Die Möwen begannen im März mit ihrem Nestbau und zogen ihre Jungen dort groß. Die Frage war nur, wie lange noch. Die Politiker der Stadt waren sich einig, dass mit dem alten Industriegelände etwas passieren musste. Nur was, darüber stritten sie sich schon seit Jahren. Nathaniel und seine Freunde hofften, dass sie sich nicht allzu schnell einigten.

Die salzige Seeluft war am Hafen nicht so intensiv als in der Bucht, aber es genügte, um Nathaniel gedanklich zurück ins Wochenende zu bringen. Er wünschte, er könnte auch die Zeit dorthin zurückdrehen. Der Brief seines Vaters setzte ihm mehr zu, als er es am Sonntag erwartet hatte. Besonders jetzt, da der Termin für das Treffen fix war.

Seine Mutter hatte am Morgen mit der Anwältin telefoniert und ihr durchgegeben, dass Nathaniel mit einem Treffen einverstanden war. Seitdem fragte er sich, ob er sich richtig entschieden hatte. Die Anwältin hatte ihn mehrfach gefragt, ob er sich sicher sei. Das verunsicherte ihn.

In der Schule hatte er seine Gedanken mit dem Unterricht ablenken können. Jetzt, wenn er neben Jill herging, ihre Hand hielt und hin und wieder zu den Möwen schaute, die ihre Kreise über einem Fischerboot zogen, begann sich in seinem Kopf die Spirale zu drehen.

Ein kurzer Blick zu Jill. Sollte er ihr davon erzählen? Er schaute wieder nach vorne, auf Steves Rücken. Nathaniel hatte ihm versprochen zu sagen, wenn er Hilfe brauchte. Nur was sollte Steve tun? Mitkommen und Händchen halten? An der Tür stehenbleiben und Nathaniels Vater böse Blicke zuwerfen?

Nathaniel sah zu Boden. Seine Freunde kannten seinen Vater kaum. Er wollte auch gar nicht, dass dieser Mann einen Platz im Leben der Menschen fand, die ihm wichtig waren.

Nein, nicht jetzt. Nathaniel sog Luft in die Lungen, um seinem Kopf klarzumachen, dass die sich aufbauende Enge in der Brust, ihm nicht den Atem raubte. Er kannte das schon. Die erste Panikattacke war kurz nach der Gerichtsverhandlung aufgetreten. Nathaniel hatte mit seiner Mutter auf dem Sofa gesessen und, wie in Kindertagen, Mario Kart gespielt, als er plötzlich einen Druck auf seinem Brustkorb spürte.

Du hast kein Recht mehr, dich in mein Leben einzumischen. Verschwinde! Nathaniel atmete ein, zählte bis vier und atmete aus. Dann zählte er bis sieben und nach dem nächsten Atemzug bis acht. Eine Technik, die ihm seine Mutter gezeigt hatte und ihm gut half. Damit war die Attacke zwar nicht vorbei, aber es gab ihm das Gefühl von Kontrolle.

»Ist alles in Ordnung?« Jill drückte seine Hand fester.

»Ja.«

»Wirklich?«

»Ja.« Nathaniel lächelte, während er in Gedanken mit seinem Vater rang. Die Panikattacke war etwas, was er nicht greifen konnte. Ein Nebel, der sich auf seinen Geist legte. Nathaniels Art damit umzugehen, war seinen Vater als Bild für sie zu nehmen. Gegen ihn konnte er angehen. Ihm in Gedanken klarmachen, dass er verschwinden sollte, schließlich hatte er längst verloren.

»Was haltet ihr von der Stelle da vorne?«, fragte David und unterstützte Nathaniel bei seinem Kampf. Er konnte seine Aufmerksamkeit vom Chaos in Körper und Geist ablenken.

David zeigte auf einen Bereich vor dem Trockendock, der früher die Entladestelle für die Bahn gewesen sein musste. Das Gleisbett führte in eine Vertiefung, sodass die Ladeflächen der Wagons bündig mit der Umgebung abgeschlossen hatten.

Nathaniel schaute zu Jill, die ihm zunickte. Sie kannten das Gelände gut genug, dass sie sich nicht groß eingewöhnen mussten.

»Die Laderampen da hinten haben ein bisschen was von einer Pipe«, freute sich Steve.

David legte nachdenklich die Finger ans Kinn. »Die sind aus Holz, halten die noch?«

Steve stellte einen Fuß auf sein Board. »Wenn du mit Jill und Nathaniel anfängst, teste ich das aus.«

»Natürlich, sei nur vorsichtig.«

Jill legte ihren Rucksack vor einem kleinen Häuschen ab. »Dann machen wir uns mal warm.« Sie stemmte die Hände in die Hüften.

»Hast du irgendwas Bestimmtes, was wir machen sollen?«, fragte Nathaniel an David gerichtet.

Steve hielt inne und schaute über die Schulter.

»Also, ich habe mir da schon einen Plan gemacht.« David zog einen Zettel aus der Hosentasche.

»Dave, nicht schon wieder.« Steve drehte auf der Stelle um und schnappte ihm den Zettel aus der Hand. Kurz überflog er die Zeilen. »Ist das dein Ernst?«

»Also, ja. Ich dachte …«

»Vor einer Woche hast du vor dem PC gesessen, Fotos bearbeitet und geflucht, dass sie alle Mist sind, weil sie komplett gestellt aussehen.«

David legte die Hand in den Nacken und schaute zu Boden. »Schon.«

»Die Profs machen mir das Fotografieren total kaputt, mit ihren ewigen Theorien über die Kunst. Ich hasse die Bilder«, versuchte Steve, dem Tonfall seines Freundes nahezukommen.

David schob die Brille mit dem Zeigefinger höher auf die Nase. »Ja, ich weiß.«

»Kannst du nicht einfach akzeptieren, dass du gut bist? Deine Pläne hemmen dich nur. Jedes verdammte Mal!«

»Ich weiß.« David biss sich auf die Unterlippe. »Vor dem Studium hatte ich das nicht. Da habe ich auf mein Gefühl gehört und jetzt denke ich ständig über alles nach. Licht, Komposition, Interpretationen.« Er schüttelte den Kopf. »Das blockiert.«

»Steve, erinnerst du dich noch, wie unser Sportlehrer mal Aufnahmen von uns beim Basketball gemacht hat?«, mischte sich Nathaniel ein.

Steve legte irritiert die Stirn in Falten »Ja. Am Ende haben wir sie uns angesehen und analysiert. Es kam raus, dass wir, aus dem Bauch heraus, kaum schlechter gespielt haben als wenn wir überlegt haben, wie der nächste Zug sein könnte.«

»Ich verstehe, worauf du hinauswillst, Nathaniel«, sagte David und zupfte Steve den Zettel mit zwei Fingern aus der Hand. Er ging zur Kaimauer, riss das Papier in mehrere Teile und warf sie ins Meer. »Die Bilder, die ich bisher von euch gemacht habe, waren auch alle aus dem Bauch heraus.« Er drehte sich zu seinen Freunden um. »Danke für die Erinnerung. Manchmal braucht meine Künstlerseele das.«

Steve deutete eine Verbeugung an. »Sag Bescheid, wenn du wieder eine brauchst.«

David lächelte mild und nahm seine Kamera aus der Umhängetasche. »Dann macht mal, was ihr am besten könnt.«

»Das wollte ich hören!«, rief Steve.

Jill stupste Nathaniel mit dem Ellenbogen an. »Komm, machen wir uns warm.«

Sie gingen zum Bahnsteig hinüber. Jill wippte auf den Zehenspitzen, um ihre Fußmuskulatur vorzubereiten, dehnte die Waden, lief auf der Stelle und hüpfte ein wenig. Nathaniel beobachtete sie kurz und schaute dann zum Bahnsteig gegenüber.

David kam mit seiner Kamera in der Hand dazu. Er ging direkt ins Gleisbett und schaute von verschiedenen Stellen durch den Sucher. »Nathaniel? Kannst du dich mal zwei Meter weiter nach links stellen?«, rief er.

»Ja, klar.« Nathaniel machte zwei große Schritte in die gewünschte Richtung. »So?«

»Ja, das ist gut. So ist das Schiff hinter dir in einem guten Winkel.«

Nathaniel sah über die Schulter nach hinten. Tatsache.

Wenn er den Blick von Davis Position richtig einschätzte, dann war in der Hälfte des Bildes der Bug zu sehen und die andere hatte den Himmel als Hintergrund. »Kannst du von dort aus abspringen?«, wollte David wissen und schob schon die Brille auf den Kopf.

Nathaniel schaute zur anderen Seite und nickte. »Kein Problem. Halt dich bereit. Ich …«

Der Druck auf der Brust, den er gut bekämpft hatte, kam mit einem Schlag zurück und hinderte ihn daran auch nur einen Schritt zu machen. Nathaniel ballte die Fäuste und starrte auf den Boden. Risse zogen sich durch den Beton, in denen sich Moos gebildet hatte.

»Alles in Ordnung?«, kam es von David. »Wenn es doch zu weit ist, dann sag es.«

»Ich muss mich nur einen Moment vorbereiten.« Hatte sich seine Stimme so kurzatmig angehört, wie es sich für ihn anfühlte? Er hoffte nicht.

»Nathaniel?« Jill legte ihre Hand auf seine Schulter und beantwortete damit seine Frage.

Du sitzt im Knast. Du hast keine Kontrolle mehr über mich, trat Nathaniel seiner Angst entgegen.

Sie lachte über ihn und nahm die Stimme seines Vaters an. *Natürlich habe ich die Kontrolle über dich. Ein Brief reicht, um dich ganz in meine Hand zu bekommen. Du spielst dir was vor. Mein Wille wird dich für immer lenken.*

Nathaniel schüttelte den Kopf. *Nein. Hast du nicht und wirst du auch nicht. Und du wirst mich auch nicht von diesem Sprung abhalten.*

So sanft er konnte, schob er Jills Hand von seiner Schulter. Die Attacke war da. Nathaniel wusste, dass sie nicht

50

lange anhalten würde. Sein Herz war in Ordnung, seine Lunge auch. Sich das ins Gedächtnis zu rufen, half die Blockade zu überwinden. Er atmete tief ein und ging ein paar Schritte zurück.

»Nathaniel?«

Er ignorierte Jill. Das musste er allein schaffen. Reden würde ihm jetzt nicht helfen.

Nathaniel erreichte den Punkt, von dem er wusste, dass der Schwung reichen würde, um bis zur anderen Seite zu kommen. Er rannte los, mit einem Tunnelblick auf den gegenüberliegenden Bahnsteig, stieß sich an der Kante ab und sprang. Die Flugphase zog sich. Unter ihm die Gleise, zwischen denen sich die ersten Pflanzen angesiedelt hatten.

Die Vergangenheit drängte sich auf. Nathaniel sah seine Mutter vor sich, nachdem sein Vater sie eingeschlossen hatte, weil sie ihn hatte verlassen wollen. Er durchlebte noch einmal diese Minuten, die er durch das Haus, den Garten und über den Zaun vor ihm geflohen war. Der Sprung über das drei Meter hohe Tor war auch der Weg in die Freiheit gewesen. Und auch dieser Sprung von einem Bahnsteig zum anderen, war mehr als nur die Überwindung einer Distanz.

Nathaniel berührte den Beton auf der anderen Seite und kam ins Straucheln. Er balancierte sich mit den Armen aus. Nicht fallen. Nicht jetzt. Sonst war es ihm egal, wie oft er nach einem Sprung auf der Nase, den Knien oder den Ellenbogen landete.

Dieser Sprung musste aufrecht enden. Es war ein Kampf über die Entfernung gegen seinen Vater und er durfte ihn nicht verlieren.

Du bezwingst mich nicht wieder. Es ist vorbei!

Nathaniel machte einen Ausfallschritt und fand damit das Gleichgewicht wieder. Er schloss die Augen, atmete tief durch und ließ die angespannten Schultern sinken. Dieser Sprung war gegen seine Prinzipien gegangen. Mit einem schlechten Bauchgefühl ging Nathaniel sonst nicht an die Sache heran, aber diesmal hatte dieses Unbehagen nichts mit Zweifel an seinen eigenen Fähigkeiten zu tun gehabt.

»Was war das denn eben?«, rief Jill.

Nathaniel drehte sich um. »Ein Vertrauenssprung.«

»Vertrauenssprung?«

Er nickte nur. Ein warmes Gefühl kuschelte sich bei ihm ein. Dieser Sprung hatte funktioniert. Er hatte sich nicht aufhalten lassen und damit seinen Vater zurückgedrängt. Sein Herz schlug noch schnell, aber der Druck ließ bereits nach.

Ein weiterer kleiner Erfolg.

**

Mit dem schlechter werdenden Licht durch die Wände des Trockendocks war die Fotosession für Jill und Nathaniel vorbei. David und Steve nutzten die untergehende Sonne, um Bilder mit Gegenlicht zu machen.

»Du, ist alles in Ordnung mit dir?«, fragte Jill.

Nathaniel öffnete seinen Rucksack und nahm eine Flasche heraus. »Ja, wieso?«

Sie saßen an die Wand eines kleinen Gebäudes gelehnt, was laut dem Messingschild einmal das Büro des Werftmeisters gewesen war.

»Der Vertrauenssprung, ohne Aufwärmen. Das kenne ich so nicht von dir.«

Er nahm einen großen Schluck aus der Flasche, was ihm Zeit gab, nach einer passenden Antwort zu suchen. Sein Schweigen befeuerte Jills fragenden, sorgenbehafteten Blick zusätzlich.

»Es ist nichts.«

Sie drehte sich ganz zu ihm. »Irgendwie glaube ich dir das nicht.«

Er hatte es auch nicht erwartet. Sie sah ihm einfach zu oft an der Nasenspitze an, wenn etwas nicht stimmte.

»Dein Vater?«, warf sie als Vermutung in den Raum, noch bevor er antworten konnte.

Nathaniel gab nach und nickte. Würde er jetzt weiter versuchen dem Thema auszuweichen, zog er sie unweigerlich in die Gedankenspiralen mit hinein.

»Okay, was hat er getan?«

»Er will mich sehen.«

»Warum? Er hatte 17 Jahre Zeit. Da warst du ihm auch egal.«

»Um einen auf geläuterten Vater machen zu können, der sein Kind plötzlich vermisst. Der spielt nur wieder. Wie immer.«

»Du wirst darauf doch wohl nicht reinfallen, oder?«

»Nein.« Nathaniel drehte die Flasche in seiner Hand und trank noch etwas, obwohl es ihm die Kehle zuschnürte, an den nächsten Montag zu denken. Dabei war sein Kopf gerade wieder frei gewesen. »Aber ich werde hingehen.«

»Wie jetzt? Nachdem er dir und deiner Mutter das alles

angetan hat! Warum?«

Er fixierte das Schiff. Eine Möwe flog in das Innere des Docks.

»Um ihm zu sagen, dass er uns in Ruhe lassen soll und ich sicher nicht mitspiele.«

Jill legte ihm die Hand auf den Oberschenkel. »Meinst du nicht, dass man ihm das auch schriftlich mitteilen kann?«

»Schon.«

»Warum tust du es dir dann an?«

»Er wird sich jetzt eine Woche sicher fühlen und denken, dass er mich auf seine Seite ziehen kann. Wenn ich da bin, wird er nett sein. Er denkt, er kennt mich, aber das tut er nicht. Das hat er zweimal gemerkt und das soll er jetzt nochmal merken.«

»Ist das etwa deine Rache?«, fragte Jill.

Nathaniel schaute wieder zu ihr. »Auch.«

Sie musterte ihn. Nicht sein Äußeres, ihr Blick ging tiefer, durch seine Augen direkt in die Seele. »Wirst du damit glücklich?«

»Ich ... «

»Ja?«

»Keine Ahnung. Es ist so ein Bauchgefühl, dass ich das machen muss.«

»Dann hoffe ich, dass du keine Magenschmerzen bekommst.«

»Die habe ich schon.«

»Bist du dann sicher, dass du zu ihm solltest?«

»Diesmal ist es nicht wegen ihm.« Das würde erst am Montag kommen. »Seine Eltern wollen uns besuchen.«

Wenn er jetzt schon einmal angefangen hatte, konnte er Jill auch alles erzählen. »Ihr Anruf kam quasi gleichzeitig mit dem Brief.«

»Was wollen sie so plötzlich von euch?«

»Sie hätten gerne mehr Kontakt mit uns. Als er verhaftet wurde, waren sie die Ersten, die gefragt haben, ob sie helfen können. Zu meinem Vater haben sie sofort den Kontakt abgebrochen.«

»Dann ist es gut?«, fragte Jill unsicher.

»Ich glaube schon. Ich weiß nur nicht, wie ich mit ihnen umgehen soll.«

Jill zog die Beine an den Körper. »Wie hast du denn sonst mit ihnen gesprochen?«

»Fast gar nicht. Bei Feiern haben wir immer am Rand gesessen. Im Grunde kenne ich sie gar nicht.« Er überlegte. »Mein Vater hat immer gesagt, dass der Name Alister für Erfolg steht und ich weiß auch, dass seine Eltern viel geschäftlich unterwegs sind, deswegen haben wir sie auch nicht öfter besucht. Es war angeblich nie die Zeit dafür.«

»Kann es sein, dass die Familie von deinem Vater sehr genau weiß, wie er ist und ihn deswegen einfach nicht bei sich haben wollte? Sorry, dass ich das so sage, aber ich könnte es verstehen.«

»Nein. Sie waren geschockt, als sie davon gehört haben, was er getan hat. Er wird wohl selbst den Kontakt so klein wie möglich gehalten haben.«

»Dann ist es doch gut, wenn sie Kontakt zu euch möchten. Ich sehe das so, dass ihr für sie mehr zur Familie gehört als dein Vater es getan hat. Ist doch gut, oder?«

»Jill, ich liebe deinen Verstand.«

Sie zog eine Augenbraue hoch. »Bitte?«

»Du analysierst einfach und haust dann 'ne Erklärung raus. Nicht nur so leeres Zeug wie: Wird schon werden oder lass es auf dich zukommen.«

»Schön, dass wenigstens du das so siehst. Andere meinen ich bin kalt, wenn ich nicht sofort durchdrehe und Weltuntergangsstimmung mache.«

»Damit gehörst du zu den Menschen, die in Katastrophenfilmen überleben.« Er rückte näher zu ihr. »Ich bleibe jetzt in deiner Nähe. Wenn Chaos ausbricht, bin ich bei dir am sichersten.«

Jill fing an zu lachen. »Als würde ich dich freiwillig wieder gehen lassen. Vergiss es.«

Nathaniel schaute wieder zu Steve und David. Er fühlte sich leichter. Warum hatte er geglaubt es vor Jill verstecken zu können? Sie war viel zu feinfühlig dafür. Er hoffte nur, dass sie jetzt nicht den Teil der Unruhe in sich trug, der ihn verlassen hatte.

Kapitel 5

»Hier ist es«, murmelte Aiden und blieb vor der Einfahrt des hellgrauen Bungalows stehen. Von außen sah er genauso aus, wie das Haus in dem Nathaniel gewohnt hatte und geschätzte dreizehn andere, an denen Aiden vorbeigekommen war. Er atmete noch einmal durch und ging die kurze Auffahrt hoch. Links eine Garage, rechts der Zugang zum Garten.

Aiden rieb sich die Arme, auch wenn er bei den Temperaturen nicht frieren sollte. In seinem Magen tanzte etwas. Jill hatte ihn gefragt, ob es sich anfühlte wie Schmetterlinge, wenn er Sarah sah.

»Woher soll ich das wissen? Ich habe noch keine Insekten gegessen«, war seine Antwort gewesen.

Jill hatte darauf mit den Augen gerollt und schnell das Thema gewechselt. Aiden war klar gewesen, worauf sie hinauswollte. Nur mochte er im Moment gar nicht darüber nachdenken. Zeit mit Sarah zu verbringen war schön, sie konnten sich gut unterhalten und als Leistungsturnerin war ihr der Einstieg ins Freerunning leichtgefallen. Aiden schaute ihr gerne dabei zu. Ihre Art der Bewegung war eine andere als er sie von sich oder Jill kannte. Körperspannung von den Zehen bis zu den Fingerspitzen, ohne dabei verkrampft auszusehen.

Er klingelte.

Ganz ruhig, Aiden, beschwor er sich.

Sarah öffnete ihm die Tür und begrüßte ihn mit einem freudigen Lächeln.»Hi, komm rein.«

Das Haus glich nicht nur äußerlich dem von Nathaniel. Auch im Inneren war der Aufbau identisch. So oft wie er beim Umzug durch die Räume gelaufen war, hätte man ihn mitten in der Nacht aus dem Schlaf reißen und eine Grundrisszeichnung von ihm verlangen können.

Im Flur hingen Fotos von Sarah und ihrer Schwester, Bilder von Feiern und Urlauben. Es gab Deko, Pflanzen und einen Teppich, bei dem schon etliche Fäden heraushingen. Eine Katze schaute neugierig aus dem Wohnzimmer heraus.

»Möchtest du was trinken?«, fragte Sarah, nachdem sie die Tür zu ihrem Zimmer geschlossen hatte. Es hatte den gleichen Schnitt, wie Nathaniels altes Zimmer.

»Nein, im Moment nicht.«

»Gut, sag einfach, wenn du Durst hast.«

Er nickte, dann trat diese peinliche Stille ein, bei der niemand wusste, was er als Nächstes sagen sollte. Um Sarah nicht die ganze Zeit anzustarren, ließ Aiden seinen Blick durch das Zimmer schweifen. Über ihrem Schreibtisch hing ein Korkbrett mit Fotos. Einige davon erkannte er wieder. David hatte sie bei ihrem Treffen in der Halle geschossen.

Aber das ist ja ... Aiden hoffte, dass der Hitzeschauer, der ihn überfiel, nicht für Sarah sichtbar war. Zwischen all den Bildern hing auch eines von ihnen beiden. Sie hockten auf dem Boden der Halle und lachten über etwas, woran Aiden sich nicht mehr erinnern konnte. Er wusste, dass es dieses Foto gab. David hatte es ihm geschickt und er sah es sich mehrmals am Tag an.

Schnell ließ er seinen Blick weiterwandern. Auf einem niedrigen Tisch stand ein Fernseher und darunter eine Playstation.

»Du zockst?«, fragte er etwas verwundert und gleichzeitig froh, endlich aus diesem verdammten Schweigen herauszukommen.

»Ja. Ist nur ein bisschen langweilig geworden, seit meine Schwester ausgezogen ist.«

»Hätte ich jetzt nicht von dir gedacht.« Aiden biss sich auf die Zunge. Konnte sein Hirn nicht einmal den Filter einschalten, bevor er etwas ausgesprochen hatte?

»Was hast du denn gedacht?« Sie kam einen Schritt auf ihn zu und sah ihn streng von unten her an. »Dass ich Socken stricke?«

Hitze schoss ihm in die Wangen. »Nein, das jetzt nicht. Aber eben nicht … Also …« Warum war seine Zunge schnell mit unüberlegten Sprüchen, aber war nicht bereit, ihn mit ein paar intelligenten Worten aus der Affäre zu ziehen? Bei dem Versuch, ihrer Frage auszuweichen, blieb sein Blick bei einem Regal mit Büchern und Playstation-Spielen hängen. Ein paar der Titel fielen ihm sofort ins Auge. »Ich hätte jetzt auch nicht erwartet, dass du Dark Souls oder Counter Strike spielst.«

Sarah seufzte, ging zu ihrem Schreibtisch und zog die Schublade darunter auf. »Ist das hier eher das, woran du dachtest?« Sie hielt ihm einen 3DS mit Animal-Crossing-Design entgegen. Dazu noch ein paar Hüllen einiger Spiele, die man wohl eher Mädchen zuordnen würde.

»Na ja«, er rieb sich den Hinterkopf und blieb mit den schweißnassen Händen in seinen Locken hängen. »Vielleicht schon eher.«

»Ich spiele alles. Rollenspiele, Shooter, Simulationen, Adventures.« Sarah legte die Sachen zurück in die Schublade, ging dann an ihm vorbei zu dem niedrigen Tisch und räumte die Bücher darauf hinter sich auf das Bett.

»Wie bekommst du das alles hin? Diese Schule, du triffst dich mit uns, zockst und dann gehst du ja auch noch zum Training.«

Sarah schaute mit gerunzelter Stirn zu ihm auf. »Was für ein Training?«

»Na, das Turnen.« Ihr Blick und die zusammengepressten Lippen sagten ihm, dass er schon wieder in ein Fettnäpfchen getreten war. Gab es die gerade im Sonderangebot? Drei zum Preis von einem.

»Ich mache keinen Sport mehr.« Sarah senkte ihre Stimme. »Habe ich dir doch gesagt.«

Ich war früher viel auf Turnieren. Bodenturnen und Stufenbarren, aber das ging dann leider nicht mehr, erinnerte er sich an ihre Worte. Aiden hatte daraus geschlussfolgert, dass sie sich nur aus dem aktiven Turniersport zurückgezogen hatte, weil vielleicht die Schule zu viel Raum eingefordert hatte. Er war im Basketballteam seiner Schule und wusste, wie viel Zeit allein das schon fressen konnte. Dabei waren sie von einer professionellen Mannschaft sehr weit entfernt.

»Entschuldige, ich dachte, du würdest noch normales Training machen.«

Sie starrte auf die Tischplatte.»Nein, ich musste es ganz aufgeben.«

»Du musstest?«

»Ich bin bei uns vor der Haustür umgeknickt. Der Knöchel war am nächsten Morgen dick, aber ich habe es niemanden gezeigt. Es war zum Glück Winter, da haben wir in langen Sachen trainiert.«

Aiden zögerte einen Moment, sich zu ihr zu setzen und entschied sich dann, an der gegenüberliegenden Seite des Tisches Platz zu nehmen.

»Ich habe mir mal ein Band gerissen und damit hätte ich nie im Leben irgendetwas in Richtung Sport machen können. Wie hast du das geschafft? Ich meine, der Fuß muss doch total instabil gewesen sein.«

»Tape«, antwortete sie knapp.»Tape und Schmerzmittel, dann geht es. Dazu vollkommen krankhafter Ehrgeiz. Es standen Turniere an, Auswahlen für den Kader. Ich wollte nicht aussetzen, das hätte das Ende meiner Sportlaufbahn sein können.«

Die Schatten des Leistungssports, dachte Aiden.

»Vor den Wettbewerben musste ich die Medikamente absetzen, weil wir Proben abgeben mussten. Es hat wahnsinnig weh getan, aber der Wille hat mich getrieben.«

Aiden schloss die Augen. Die Sarah, die jetzt vor ihm saß, war eine andere als die, die er kennengelernt hatte. Bisher hatte sie auf ihn wie jemand gewirkt, dessen Leben immer in ruhigen Fahrwassern verlaufen war. Dass sie einen solchen Schatten mit sich trug, hatte er nicht geahnt.

»Was hat dich dazu gebracht, umzudenken?«, wollte er wissen.

»Steve.« Hinter dem Vorhang ihrer schwarzen Haare konnte er ein Lächeln blitzen sehen. »Er hat mich in einem schwachen Moment erwischt und mir deutlich gesagt, was für einen Scheiß ich da gerade mache. Ich habe ihn angeschrien, dass er sich da raushalten soll. Schließlich war es meine Gesundheit und nicht seine.«

»Aber recht hatte er. Ich hätte nichts anderes getan.«

»Ich war den ganzen Tag wütend auf ihn. Es tut mir heute noch leid, dass ich ihn so angegangen habe. Am Abend hat er mir eine Nachricht geschrieben.« Sie drehte sich zum Bett und nahm ihr Handy. Sarah scrollte einen Moment, dann hielt sie es Aiden hin.

Ich weiß, dass es dein Körper ist, aber erwarte keine Entschuldigung. Ich habe nur eine Freundin, die Sarah heißt, und ich werde nicht zuschauen, wie sie sich kaputtmacht. Ist dir irgendeine Medaille wirklich wichtiger als deine Gesundheit?

»Das hat dich zum Nachdenken gebracht?«

Sarah nickte. »Ich wollte es gar nicht. Lieber hätte ich Steve zum Mond geschickt, als darüber nachzudenken. Aber es ging mir nicht aus dem Kopf. Es war das erste Mal, dass ich überlegt habe, warum ich diesen Sport so intensiv mache. Ich hatte damit angefangen, weil es mir Spaß gemacht hat. Nur, wenn du in einem Verein bist, kommen irgendwann die Wettbewerbe. Ich war von Anfang an recht gut, kam weiter und irgendwann habe ich den Ehrgeiz der anderen übernommen. Ich wollte immer mehr. In der Nacht habe ich wachgelegen und musste mir eingestehen, dass aus Spaß Druck geworden war. Ich habe überlegt, ob ich damit glücklich bin und ob es noch das ist, was ich will. Ich war es nicht. Eigentlich schon lange nicht mehr.«

Wie schwer musste diese Nacht für Sarah gewesen sein? Der Glanz in Sarahs Augen verriet Aiden, dass ihr diese Nacht noch nachhing. Gleichzeitig war er Steve dankbar für seine Aufmerksamkeit und dass er nicht, wie so viele in der heutigen Zeit, weggeschaut hatte. Aiden fragte sich, wie er gehandelt hätte. Sicher wäre er nicht still geblieben, nur so diplomatisch hätte er sich nicht ausgedrückt.

»Ich bin am nächsten Tag zum Arzt gegangen und habe meinem Trainer geschrieben, dass ich den Sport aufgebe. Rate mal wie viele gefragt haben, warum.«

»Keiner.« Aiden hatte es als Frage formulieren wollen, aber wenn er sich daran erinnerte, was Nathaniels Freunde aus Seattle getan hatten, nachdem sein Vater die Familie von einen auf den anderen Tag aus ihrem Umfeld gerissen hatte, war die Antwort zur Gewissheit geworden.

»Richtig. Der Einzige, der an meiner Seite stand, war Steve. Der, den ich runtergemacht hatte, hat mir geholfen, als es mir schlecht ging.«

Auch das kannte Aiden. Jill war immer für ihn da gewesen und er für sie. Egal, wie sehr sie sich gestritten hatten.

»In solchen Momenten erkennt man, wer die wahren Freunde sind.« Woher hatte er jetzt diese dämliche Floskel her? Obwohl sie stimmte.

»Er ist auch mit mir zum Arzt gegangen, als die Ergebnisse vom MRT kamen.« Sie seufzte. »Mein Knorpel im Sprunggelenk ist angekratzt und man hat mir angeraten den Leistungssport auf keinen Fall wieder aufzunehmen.«

»Darfst du dann überhaupt mit uns trainieren? Von der Belastung her ist das jetzt sicher nicht so anders und wir haben Betonboden und keine Matten.«

»Keine Sorge. Wir sind nicht täglich mehrere Stunden dran. Ich höre auf, wenn ich Schmerzen haben sollte.« Aiden zog forschend eine Augenbraue hoch. »Wirklich?«

Sie schmunzelte. »Ja, ehrlich.« Sarah lehnte sich etwas nach vorne und stützte sich mit den Unterarmen auf dem Tisch ab. »Süß, dass du dir Sorgen machst.«

Süß? Er zog den Kopf ein Stück zurück und drückte den Rücken durch.

»Als Nathaniel uns ein Video gezeigt hat, dachte ich mir sofort, dass ich das mal ausprobieren will. Parkour und Freerunning kommen dem Turnen im Ansatz nah. Dass es keinen Wettbewerbsgedanken gibt, ist genau das Richtige für mich. Seit ich mit euch unterwegs bin, geht es mir gut. Ich kann wieder das machen, was mir Spaß macht.«

Hatte sie nicht mitbekommen, wie er reagiert hatte? Oder überging sie es aus Höflichkeit?

»Das ist doch schön«, sagte Aiden, der seinen Puls als leises Rauschen im Ohr hörte.

»Ja, ich bin froh, dass ich euch alle getroffen habe.«

Sie sahen einander an. Ein Kribbeln lief über Aidens Haut, als sie ihre dunklen Augen gar nicht mehr von ihm abwendete. Sein Herzschlag wurde schneller. Das Rauschen in den Ohren lauter.

In einer mechanischen Bewegung griff er zu seinem Rucksack und zog, nach mehreren ungeschickten Versuchen, den Reißverschluss auf. »Also … Sollen wir dann mal anfangen mit Chemie?«, fragte er.

Er musste aus dieser Situation raus, bevor er gar nicht mehr klar denken konnte. Dieses 'süß' hallte in seinem Verstand und brachte ihn durcheinander. Nicht einmal im Dunkeln auf den Straßen des alten Viertels fühlte er sich so unsicher wie jetzt.

»Klar.« Sie rückte um die Ecke des Tisches an ihn heran.

»Dann zeig mal, was ihr gerade macht.«

Strahlte Sarah eine solche Wärme ab oder war das sein Körper, der jetzt endgültig durchdrehte? Und wie sollte er sich konzentrieren, wenn er nur an dieses »süß« denken musste? Die nächsten Stunden würden hart werden.

**

»Ich glaube, jetzt habe ich es.« Aiden lehnte sich zurück und schob Sarah das Blatt mit den Gleichungen zu.

Sie las sich sein Ergebnis durch und nickte. »Ja, das passt. Die meisten haben eher Probleme mit dem Matheteil, aber das fällt dir leicht.«

»Nein, Mathe kann ich. Es lag an diesen ganzen Reaktionen.«

»Die organische Chemie liegt mir auch nicht. Aber ich denke, durch den nächsten Test kommst du jetzt locker durch.«

»Durchgekommen wäre ich vorher schon. Die Lehrerin macht meist nur Aufgaben, die wir genauso im Unterricht besprochen haben, also habe ich alles auswendig gelernt.«

»Nur nicht verstanden?«

»Nein.«

»So geht es mir in Informatik. Der Lehrer besteht darauf, dass wir es genau nach seinen Vorgaben machen. Aber warum es am Ende funktioniert, verstehe ich nicht.«

Aiden richtete sich etwas auf. »Dann kannst du doch am nächsten Wochenende zu mir kommen und ich erkläre es dir.« Hatte er das wirklich gesagt? Hatte er sie eingeladen? Ohne dabei vollkommen nervös zu werden? Nun gut, das war er jetzt, nachdem er das Gesagte realisiert hatte.

»Gerne. Magst du noch ein bisschen bleiben?«

Er hatte gehofft, dass sie fragen würde, und war trotzdem vollkommen überrumpelt. Ihm blieb nur zu nicken.

»Super, dann komm mal mit.« Sarah sprang auf. »In der Garage haben wir Turnmatten. Lass uns die holen und dann können wir im Garten ein bisschen was machen.«

»Stört das deine Eltern nicht, wenn wir uns da ausbreiten?«

»Ach was. Warum denn?«

»Na, ich dachte nur wegen des Rasens. Manche sind da ja etwas ...«

Sarah lachte. Sie ging in die Hocke und tippte ihm leicht mit den Fingerknöcheln gegen die Stirn. »Lass mal die Vorurteile da raus. Meine Eltern sind nicht so drauf wie Nathaniels Vater oder Steves Eltern. Denkst du, die würden mir sonst erlauben mit euch in dem Industriegebiet rumzulaufen?«

»Sie wissen das?«, platzte Aiden heraus.

»Ja, was dachtest du denn?«

»Dass du ihnen sagst, du bist bei Nathaniel oder so was. Macht Steve doch auch immer.«

»Ich habe dir gerade gesagt, meine Eltern sind da viel lockerer. Außerdem sind sie von meiner Schwester ganz andere Dinge gewöhnt.«

»Was hat sie denn angestellt?«

»Sie war immer eine Chaotin. Viel angefangen, kaum was fertigbekommen. Die Schule hat sie nur knapp geschafft, weil sie lieber kreativ war, als sich mit dem Zeug auseinanderzusetzen. Ihre Hefte waren immer voll mit kleinen Comics und die hat sie auch so abgegeben. Deswegen musste sie ständig nachsitzen. Außerdem hat sie gegen die Schuluniform rebelliert und sich mit Lehrern gestritten. Meine Eltern mussten ständig zu Gesprächen kommen. Diese Schule war einfach gar nichts für sie. Möchte nicht wissen, was im Lehrerzimmer los war, als die erfahren haben, dass die Wilsons noch ein Kind haben.«

»Was macht sie heute?«

»Sie studiert Modedesign und macht dabei genau das, was sie liebt. Seitdem ist sie glücklich und arbeitet wie eine Besessene. Ich höre kaum noch was von ihr. Aber wenn sie mal Zeit hat, dann zocken wir zusammen, genau wie früher. Stundenlang, die ganze Nacht, bis die Sonne aufgeht.«

Aiden musste an Calvin denken. Sie waren auch mal so gewesen und er wünschte sich, dass sie da wieder hinkamen. Nur wusste er absolut nicht, wie er das anstellen sollte, so sehr wie Calvin sich ihm im Moment versperrte.

Sarah führte ihn hinaus in den Garten, der hauptsächlich aus Rasen und zwei Hochbeeten bestand. Von dort aus ging sie zum Hof.

»Ich könnte dir zeigen, was ich beim Bodenturnen gemacht habe«, schlug Sarah vor, als sie das Garagentor öffnete. Am Kopf des Raumes standen ein paar blaue Matten an der Wand, wie Aiden sie aus der Turnhalle in der

Schule kannte.

»Und was ist mit deinem Fuß?«

Sarah packte die erste Matte an den Haltegriffen. »Ich hatte nicht vor, mehrere Stunden ausdauernd zu turnen.« Herausfordernd schaute sie ihn an. »Du kannst ja versuchen es nachzumachen.«

Damit hatte sie seinen Ehrgeiz geweckt. »Also gut. Aber mach nicht zu viel.« Er hob die Matte an der anderen Seite hoch.

»Mach ich nicht, aber süß, wie du dir Sorgen machst.«

Tat sie das mit Absicht? Hatte sie doch gemerkt, wie sehr sie ihn damit in Verlegenheit gebracht hatte? Mochte sie es, wenn er sich komplett unsicher fühlte und ihr jetzt nicht einmal mit dem Blick ausweichen konnte, weil er rückwärts aus der Garage gehen musste?

Wollte sie ihn damit ärgern oder steckte etwas ganz anderes dahinter? Seine Gedanken kreisten so sehr darum, dass er, während sie die anderen Matten in den Garten brachten, kein Wort mehr herausbekam. Warum waren Gefühle nur so kompliziert! Langsam verstand er, wie es Jill und Nathaniel vor ein paar Monaten gegangen sein musste. Auch wenn ihre Situation durch Nathaniels Vater noch etwas schwerer gewesen war.

Sie legten die Matten in eine Reihe und Sarah stellte sich an den Rand. »Ich mache es für den Anfang leicht«, sagte Sarah.

Sie begann mit einem Rad, dann schlug sie ein zweites, machte einen Salto und beendete alles mit einem Flickflack. Dabei zeigte sie eine andere Seite von sich. Ernst, voller Anspannung und Aiden konnte sich gut vorstellen, dass sie in ihren Gedanken vor den Richtern stand, die alle Schritte genau unter die Lupe nahmen. Jeder noch so kleine Fehler bedeutete Punktabzug.

Aiden erinnerte sich daran, was Nathaniel von seiner alten Schule erzählt hatte und wie Sarah und Steve am Strand darüber gesprochen hatten. Wie viel Druck hatte Sarah über die Jahre ausgehalten? Überall hatte man Leistung von ihr verlangt. Was hatte das mit ihr gemacht?

»Jetzt bist du dran.« Sarah drehte sich zu ihm um. »Eigentlich solltest du damit keine Probleme haben.«

Wären seine Knie nicht so weich gewesen, hätte er ihr sofort zugestimmt.

Aiden ging drei Schritte zurück, um Schwung zu holen. Er rannte los, hob die Arme und schlug ein Rad. Dabei versuchte er die gleiche Körperspannung aufzubauen, die Sarah gezeigt hatte. Nur war dies vollkommen ab von seinem Stiel. Die Figuren gelangen ihm, an der Landung scheiterte er. Sarah war auf ihren Füßen gelandet und hatte wie ein Fels gestanden. Er stolperte noch einen Schritt nach vorne, um wieder Halt zu bekommen.

»Und, was sagt der Profi?«, fragte er und drehte sich zu ihr um.

Sarah setzte sich auf die Matte. »Du hast dich nicht gut dabei gefühlt, oder?«

»Ich wollte es machen wie du. Mit viel Körperspannung.« Er nahm neben ihr Platz.

»Noch mehr als sonst?«

»Hm?«

»Dein Stil erinnert mich immer an Breakdance und dafür braucht man volle Körperkontrolle.«

»Breakdance?« Damit hatte er jetzt nicht gerechnet.

»Ja. Es sieht von außen locker aus.« Sie sah nachdenklich auf ihre Knie. »Ich weiß nicht, wie ich es anders beschreiben soll.«

»Ich verstehe schon, danke. So hat es noch nie jemand gesehen.« Es gab eine Breakdance AG an Aidens Schule und er war jedes Mal fasziniert, wenn sie auf den Schulfeiern ihren Auftritt hatten.

Ein Auto fuhr auf den Hof. Das Garagentor ging auf und kurz darauf wieder zu.

»Dein Vater?«, fragte Aiden.

»Ja. Meine Mum ist für eine Woche auf einer Fortbildung.«

Aidens Hände zitterten, er legte sie auf der Matte ab.

»Er beißt nicht.« Sarah zwinkerte ihm zu.

Wieso entging diesem Mädchen eigentlich nichts? Was das anging, war sie schlimmer als Jill.

Es dauerte nicht lange, da kam Mr. Wilson mit einer Tasse in der Hand auf die Terrasse. »Oh!«, machte er, als er Sarah und Aiden auf den Matten sitzen sah. »Ich wusste nicht, dass du Besuch hast.«

Die beiden standen auf und gingen zu ihm. Aiden wünschte sich, seine Knie wären standfester. Sah sein Gang aus, als wäre er betrunken? Hoffentlich nicht, aber es fühlte sich so an.

»Das ist Aiden«, stellte Sarah ihn vor.

»Habe ich mir gedacht.« Ihr Vater beäugte Aiden kurz, dann nahm er einen großen Schluck aus seiner Tasse. »Nathaniel und Steve kenne ich ja. Da bleibt nur noch einer über.«

»Freut mich Sie kennenzulernen«, sagte Aiden und schüttelte Mr. Wilson die Hand.

»Mich auch. Sie spricht oft von dir.«

»Dad!«

Tut sie das? Aiden wusste nicht, wo er hinschauen sollte, um Sarah nicht noch mehr in Verlegenheit zu bringen. Also musste der Chilistrauch im Hochbeet herhalten, der neben der Terrassentür an der Wand stand.

»Ich will euch nicht stören.« Mr. Wilson setzte an, wieder ins Haus zu gehen.

»Wenn du hier draußen sitzen möchtest, räumen wir auf und gehen rein. Du siehst fertig aus.«

Aiden fand Sarahs Definition von Fertigaussehen leicht untertrieben. Mr. Wilson hatte dunkle Augenringe und er musste sich in den letzten Stunden mehrfach die leicht ergrauten Haare gerauft haben. Anders konnte Aiden sich nicht erklären, warum Sarahs Vater aussah wie er, wenn er eine Nacht durchgezockt hatte.

»Ich bin es.« Mr. Wilson stellte die Tasse auf den Boden neben den Liegestuhl und setzte sich. »Ich hatte eine Telefonkonferenz mit dem großen Chef und dem Beauftragten für die Sicherheit von Port Cliff.«

»Das klingt nicht gut.«

»War es auch nicht. Du bist doch bei Instagram. Gib da mal 'CandleOfVisibilty' ein.«

Sarah ging ins Haus, um ihr Handy zu holen, und ließ Aiden im Regen stehen. Er wechselte von einem Fuß auf den anderen. Mr. Wilson starrte mit leerem Blick in den Himmel. Er schloss die Augen halb, dann öffnete er sie schnell. Wie Aiden nach einem Alptraum, wenn er ver-

71

suchte, wieder einzuschlafen. Egal, wie müde er war, er sah den Schrecken vor sich, sobald er die Augen schloss.

»Aiden, schau mal.« Sarah kam zurück und hielt ihm das Handy vor die Nase. »Hast du die schon mal gesehen?«

Aiden schob ihre Hand sanft ein Stück von sich weg. Die Instagram-Bilder zeigten Kerzen, die an mit Holz vernagelten Fenster gesprüht waren. Zusammen mit einem Vornamen und einem mit dem ersten Buchstaben abgekürzten Nachnamen. Außerdem standen zwei Daten darunter.

»Ja, in der Nähe der Schule sind zwei.«

»Da sind einige in den alten Vierteln verteilt«, sagte Mr. Wilson und richtete sich wieder auf. »Schon seit ein paar Monaten. Die Namen sind von Toten, die entweder direkt mit einer Gang in Verbindung gestanden haben oder unschuldig in eine Auseinandersetzung verwickelt waren.«

Sarah scrollte durch Instagram. »Das sind viele.«

»25«, antwortete ihr Vater. »Zumindest von denen wir wissen. Aufgefallen ist es uns schon früher, wenn wir auf Streife waren. Als wir die erste Kerze entdeckt haben, haben wir angefangen nachzuforschen. Sie soll sichtbar machen, was sonst vergessen wird.«

Vergessen. Aiden senkte den Kopf. *Es stimmt. Sirenen in der Nacht sind so selbstverständlich geworden, dass ich davon nicht aufwache. Ein Überfall, Drogen, eine Schlägerei. Das ist für uns normal. Das sollte nicht sein.*

»Ist das nicht gut?«, wollte Sarah wissen. »Du sagst doch immer, dass du dir mehr Aufmerksamkeit wünschst.«

»Ja.« Mr. Wilson nahm seine Tasse wieder zur Hand und

schwenkte sie.»Wir hatten deswegen gestern eine längere Dienstbesprechung. Wir haben überlegt, ob es Sinn macht mit dem Sprayer zusammenzuarbeiten. Wenn er möchte auch anonym. Eine Ausstellung vielleicht. Auf jeden Fall etwas, was Aufmerksamkeit bringt.«

»Aber?«, fragte Aiden.

»Na ja. Im Rathaus ist man nicht begeistert von unserer Idee. Nächstes Jahr sind die Wahlen und sagen wir mal . . .« Er suchte nach den passenden Worten.»Man will nicht zeigen, dass man die ganzen Baustellen bei uns im Viertel nicht in den Griff bekommt?«

Mr. Wilson ließ seinen Blick an Aiden entlangwandern und nickte schließlich.»Es gibt viele Probleme und wir sind einfach zu wenige, um an allen Ecken etwas tun zu können. Wir arbeiten eng mit anderen Institutionen zusammen und es fehlt überall an Personal. Wir brauchen Sozialarbeiter, Lehrer, mehr Platz in der Schule, mehr Möglichkeiten für euch Jugendliche, etwas anderes zu machen, als auf der Straße rumzuhängen. Und das sind nur die großen Probleme. Von den ganzen kleineren Sachen mag ich gar nicht anfangen.«

Aiden lächelte.»Es ist gut, zu wissen, dass überhaupt jemand darüber nachdenkt. Meistens höre ich nur, dass wir von allen allein gelassen werden. Politik, Polizei und Behörden.«

»Der Frust ist groß. Bei den Menschen, die dort wohnen, aber auch bei uns in der Wache. Wir arbeiten gegen Windmühlen. Die Gangs werden zunehmend aggressiver und organisierter. Das sind keine Jugendlichen mehr, die rumpöbeln oder in einen Kiosk einbrechen. So war es viel-

leicht am Anfang. Was auch schon schlimm genug war.«
Er schüttelte den Kopf, stellte die Tasse weg und fuhr sich
durch das Gesicht.»Da sind Drogen im Spiel. Erst waren
es nur vereinzelte Fälle, aber es werden mehr.«

»Die großen Dealer und Gangs aus Seattle wittern Ge-
schäfte bei uns?«, fragte Aiden.

»Darüber darf ich nichts sagen.«

Das Schweigen von Mr. Wilson war für Aiden mehr
Bestätigung, als es jedes Wort hätte sein können.

»Was hat denn dieser Typ für die Sicherheit gesagt?«,
hakte Sarah nach.

Mr. Wilson atmete tief durch.»Wir sollen uns darauf
konzentrieren, den Verursacher zu finden. Oder eben die
Verursacherin. Je nachdem. Das Ding schlägt in den sozialen Medien Wellen. Negative Aufmerksamkeit will die
Stadt nicht haben.«

»Das bedeutet, anstatt am Problem zu arbeiten, sollt ihr
einen Sprayer jagen, der auf eurer Seite steht?«

»Ja«, antwortete Mr. Wilson mit gedämpfter, resignier-
ter Stimme.»Als hätten wir Zeit dafür. Ich habe gesagt,
dass wir mehr Personal brauchen, wenn wir das intensiv
verfolgen sollen.«

»Gab es eine Antwort?«

»Nicht die, die ich mir gewünscht hätte.« Er stand auf
und nahm seine Tasse mit.»Ich leg mich ein bisschen hin.
Aiden, willst du zum Essen bleiben? Ich würde uns Pizza
bestellen. Die Lust aufs Kochen ist mir vergangen.«

Noch bevor Aiden überhaupt antworten konnte, war
Sarahs Vater ins Haus zurückgekehrt.

»Oh Mann, er ist echt fertig.« Sarah schaute ihm mit

einem mitleidsvollen Blick hinterher.

Aiden setzte sich auf den Liegestuhl. »Es ist das erste Mal, dass ich gehört habe, dass jemand von einer offiziellen Stelle so redet.«

»Er ist nicht im Dienst, da kann er das.«

»Klar.« Und jetzt wusste er auch, warum. Wenn der Druck von der Hauptstelle und der Politik so massiv die Arbeit der Polizei im Viertel verhinderte, wie sollte sich da etwas ändern?

»Mein Vater sagt oft, dass sie nur die Symptome bekämpfen können, aber gegen die Ursache nichts in der Hand haben. Es wird nicht gesehen, dass die Menschen keine Aussicht auf eine Zukunft haben.«

Aiden hätte Lust gehabt seinen Frust an etwas auszulassen. Aber vor Sarah wollte er das nicht. So fraß er es in sich hinein. »Wenn die Polizei nicht vernünftig vorgehen kann, was denken die, wie es enden wird? Muss das erst ausarten wie in L.A.?«

Sarah setzte sich zu ihm und schaute noch einmal zur Tür. »Auf der anderen Flussseite haben einige große Firmen Zweigstellen eröffnet und die will man natürlich halten. Die Polizei, die bei euch im Viertel abgezogen wurde, sorgt jetzt dafür, dass das Gangproblem nicht überschwappt. Nach dem, was mein Vater erzählt, können sie dort deutlich effektiver dagegen vorgehen.«

»Die wollen also, dass die auf unserer Seite bleiben.«

»Ja, und mein Vater mit seinem Team bekommen vorgehalten, warum es ihnen nicht gelingt, das Gangproblem unter Kontrolle zu bringen. Drüben ginge es ja auch.«

»Das ist unfair.«

»Die Probleme bei euch, helfen auch nicht, dass sich Firmen dort ansiedeln wollen. Dann gibt es keine neuen Arbeitsplätze und die Spirale dreht sich weiter. Niemand, der nicht in den Vierteln wohnt, geht dorthin.«

»Außer dir und Steve.« Aiden musste das Thema in eine andere Richtung lenken. Zu sehr ballte sich alles in seinem Magen zusammen.

»Wir haben auch einen guten Grund dafür. Beide.«

Aiden starrte sie an. Es war ihm unangenehm, aber er konnte seinen Blick einfach nicht von ihr abwenden. Wie hatte sie das jetzt gemeint? Was genau meinte sie mit alle beide? Steve hatte David in den alten Vierteln. Bezog Sarah sich da nur auf die Treffen mit ihm? Besonders in Verbindung mit dem, was ihr Vater gesagt hatte. Sie sprach viel von ihm. Was eigentlich? Erzählte sie ihm vom Training oder mehr?

»Sollen wir noch ein bisschen weitermachen?«, fragte Sarah.

»Ja, können wir.« Seine Stimme war schwach, seine Gedanken drehten sich über ihre Worte im Kreis. Und das immer schneller. Was ihr Vater gesagt hatte, mischte sich mit ihrem »süß«. Wer auch immer sich diesen Mist mit den Hormonen ausgedacht hatte, er sollte in der Hölle schmoren.

Kapitel 6

Nathaniel lief wie ein Tiger im Käfig durch den Raum. Seine Großeltern würden bald da sein. Wo war nur die Woche geblieben?

»Niemand kann dir was«, kam Jills Stimme aus dem Lautsprecher des Handys.

»Ja, ich weiß. Trotzdem.«

»Ich wäre jetzt gerne bei dir.«

Er blieb stehen und drehte sich zu dem Handy, das auf dem Schreibtisch an zwei Bücher gelehnt stand. Jill saß, mit ihrem riesigen Plüschhai im Arm, auf dem Bett.

»Da hätte ich nichts gegen.« Er hielt seine zitternden Hände vor die Kamera.

Sie drückte den Hai fester an sich. »Sie sind nicht er. Vergiss das nicht.«

»Schon. Aber irgendwo muss er das doch herhaben.«

»Du bist auch nicht wie er.«

»Ich weiß.« Er hatte sich gegen jeden Vergleich mit seinem Vater in all den Jahren heftig gewehrt, auch wenn es dabei hauptsächlich um die rotbraune Augenfarbe gegangen war, die er von ihm geerbt hatte.

Es klingelte. Ein Adrenalinstoß durchlief Nathaniel. Gefolgt von einer Gänsehaut.

»Ich denk an dich«, sagte Jill und warf ihm einen Kuss durch die Kamera zu. »Wir sehen uns morgen am alten Wasserturm?«

»Ja, das werde ich dann auch brauchen.« Er beendete den Anruf und verließ sein Zimmer.

Seine Mutter stand schon an der Tür. Sie hatte lange überlegt, ob sie Jason dazu bitten sollte. Allerdings war er dagegen gewesen. Nicht, weil er sich den Eltern seines Vorgängers nicht stellen wollte, sondern weil er es beim ersten Treffen als unpassend empfand. Später gerne. Diesmal gab es einfach zu viel Familieninternes zu besprechen, da fühlte Jason sich wie ein Fremdkörper.

Mit dieser Entscheidung war für Nathaniel die Hoffnung gestorben, Jill dabei haben zu können.

Die Schritte seiner Großeltern hallten im Treppenhaus, zuerst erreichte seine Oma die Etage.

»Miranda, es freut mich, dich zu sehen« Sie nahm Nathaniels Mutter in den Arm und sah ihr anschließend lange in die Augen. »Es tut mir so leid. Ich weiß immer noch nicht, was ich dazu sagen soll.«

»Du kannst nichts dafür.«

»Er ist mein Sohn und, egal wie alt er ist, ich fühle mich für das verantwortlich, was er tut.« Sie nahm beide Hände ihrer Schwiegertochter.

Wenn sie das ernst meint, wie konnte sie dann ihr Leben lang ruhig schlafen? Da ist noch genug anderes, was er getan hat, ging es Nathaniel durch den Kopf.

Es dauerte einen Moment, bis auch sein Großvater die Treppe hinter sich gebracht hatte. Er stützte sich auf einen

Stock und zog das linke Bein nach.

»George, was ist denn . . . «, begann Nathaniels Mutter und brach sofort ab. Sie brauchte keine Erklärung. Der Schlaganfall war offensichtlich.

Wann ist das passiert? Mein Vater hat uns nichts davon gesagt.

»Ach, Miranda.« Er lächelte herzlich, sein linker Mundwinkel kam dabei nicht auf die gleiche Höhe wie der rechte. »Es ist schön, dich wohlauf zu sehen.«

Körperlich, dachte Nathaniel. *Körperlich.* Das, was ihr Ex-Mann ihr angetan hatte, war verheilt, aber die inneren Narben würden bleiben. Bei ihr und auch bei Nathaniel. Ihnen blieb nur die Hoffnung, dass sie mit der Zeit verblassten.

»Baron hat mir gar nicht gesagt, was mit dir passiert ist. Dabei habt ihr vor drei Monaten miteinander telefoniert.«

»Er wusste es«, antwortete George. »Das war schon vor eurem Umzug.«

Überraschung.

»Kommt erst einmal richtig rein. Die Fahrt war sicher anstrengend.« Nathaniels Mutter zeigte auf das Sofa.

Langsam ging sein Opa durch den Raum, schaute sich dabei um. Seine Frau blieb neben ihm und setzte sich erst, nachdem er Platz genommen hatte.

»Kannst du auf dem tiefen Sofa sitzen?«, fragte Nathaniels Mutter.

»Ach, das Sitzen ist nicht das Problem.« Er lachte. »Das ist wirklich bequem, es muss mir nur einer wieder hochhelfen.«

»Ihr habt es euch nett gemacht«, sagte Nathaniels Oma.

»Nur«, setzte George an, schaute kurz durch den Raum und dann wieder zu seiner Schwiegertochter. »Die Gegend. Habt ihr keine Angst? Ich habe einige Gangzeichen auf dem Weg hierher gesehen.«

»Manchmal«, antwortete Nathaniels Mutter knapp und führte dann weiter aus: »Wir hören die Sirenen und wissen, was los ist. Ich habe in meiner Praxis im Winter eine Security, sobald es dunkel wird. Nicht nur für mich. Ich will, dass sich meine Patienten sicher fühlen.« Nach einer kurzen Pause sprach sie weiter: »Die Menschen hier sind dankbar für jede Art von Hilfe, die man ihnen gibt. Die drei Stunden pro Woche, die ich kostenlose Sprechstunden anbiete, werden gut angenommen.«

Die Lippen von Nathaniels Oma bebten. Schnell hielt sie sich die Hände vor den Mund. »Baron wusste nicht, was er an dir hat.« Sie senkte den Kopf. »Was er dir angetan hat. Wir wussten all die Jahre nichts davon. Nichts. Aber mir wird so vieles klar.«

»Joan, es ist nicht deine Schuld.« Seine Mutter setzte sich zu seiner Oma und nahm ihre Hände. »Das psychologische Gutachten hat eindeutig eine narzisstische Persönlichkeitsstörung ergeben. Es liegt nicht an eurer Erziehung. Er ist so.«

»Nein«, widersprach George. »Ich habe das Gutachten auch gelesen und mich mit Narzissmus beschäftigt. So einfach kannst du das nicht sagen. Wir haben ihn mit unserer Erziehung darin bestärkt.«

»Niemand weiß genau, was die Ursache ist«, fiel Nathaniel ihm ins Wort. »Meine Therapeutin sagte, dass die Genetik auch eine Rolle spielt und die Umwelt das entwe-

der bestärkt oder eben nicht. Also nicht nur ihr allein.«
»Er wurde im Kindergarten viel gelobt, wie gut er alles gemacht hat. Deswegen hat er sich noch mehr angestrengt. Wir haben ihn auch darin bestätigt«, sagte Joan und seufzte.»In der Schule ging es weiter. Er war sehr ehrgeizig und, wenn ich heute daran denke, süchtig nach Anerkennung. Sein Bruder hatte es nicht leicht neben ihm.«

»Und wir haben ihn natürlich bestärkt darin. Er war viel allein in seinem Zimmer. Ich kann mich nicht erinnern, dass er über längere Zeit feste Freunde hatte. Die haben immer gewechselt. Heute nehme ich an, so wie er sie gerade gebraucht hat.« George sah nachdenklich auf seinen Stock.»Wir haben das alles nie als Warnsignal gesehen. Es war für uns angenehm, dass wir mit Baron nie Ärger hatten. Schon gar nicht in der Pubertät, als die anderen Kinder Schwierigkeiten machten.«

»Wir wissen ja inzwischen alle, wie gut er täuschen kann. Er hat es sicher auch damals bereits verstanden, sich ins gute Licht zu rücken. Wer weiß, was er wirklich getan hat.«

»Aber ich hätte es merken müssen. Wir sind seine Eltern!« Joan hob den Kopf. Tränen liefen an ihren Wangen herunter.»Miranda, ich schäme mich so für ihn. Er hatte mit dir eine Frau, auf die ... «

»Joan, hör auf, dich fertigzumachen.«

Nathaniel wünschte sich, dass seine Mutter ihre eigenen Ratschläge beherzigen würde. Dieses Bild, das sie und seine Oma ihm boten, kam ihm bekannt vor, nur dass er sonst in der Position seiner Mutter war. Sie machte sich oft Vorwürfe, all die Jahre falsch reagiert zu haben.

»Wir können es nicht mehr ändern«, sagte Nathaniel mit fester Stimme. »Nur weitermachen.«

»Nathaniel hat recht. Hinterher ist man immer schlauer und ihr habt selbst gesagt, dass er euch nie Probleme gemacht hat. Woher hättet ihr dann etwas ahnen sollen? Ich habe mir auch Vorwürfe gemacht, ihn nicht eher verlassen zu haben. Nur war bei mir die Angst zu groß, weil ich zumindest durch Telefonate mitbekommen habe, was er getan hat, um seinen Willen durchzusetzen.« Sie legte ihrer Schwiegermutter die Hand auf die Schulter.

»Ist er vorher auch schon mal handgreiflich gewesen?«, fragte Joan.

»Nein. Ist er nicht. Aber Worte können genauso verletzen. Oder noch mehr. Ich hatte furchtbare Angst, er könnte mir Nathaniel wegnehmen und eine Armee von Anwälten auf den Hals hetzen. So, wie er es im Geschäftlichen auch getan hat, wenn Verhandlungen ihn nicht ans Ziel gebracht haben. Man muss nur tief genug bohren, dann wird man immer etwas finden, was man einem Menschen anlasten kann. Egal wie lange es her ist und was man sonst an guten Dingen getan hat. Ein falsches Wort und alles ist dahin.«

Nathaniel zog den Kopf ein. Er hatte genug angestellt, was man ihrer Erziehung hätte zuschreiben können. Schuldgefühle schlichen sich aus den dunklen Ecken seines Unterbewusstseins hervor an die Oberfläche. Waren die Sachen, die er angestellt hatte, auch ein Grund, warum seine Mutter solche Angst vor möglichen Anwälten hatte? War er schuld, dass sie diesen Schritt, von seinem Vater weg, nicht hatte gehen können?

Nathaniel schob die Selbstvorwürfe beiseite. Es war die Art seines Vaters gewesen, die sie abgehalten hatte. Er hatte immer gewusst, womit er Menschen treffen konnte, damit hatte er Druck auf sie ausüben können.

»Lasst uns Baron nicht so viel Raum geben und das Beste aus der Zukunft machen«, sagte Nathaniels Mutter, als hätte sie seine Gedanken gehört, und wollte ihn bekräftigen.

Ihre Schwiegereltern nickten.

Der Cut kam im richtigen Moment. Sie drehten sich im Kreis. Niemand half es, sich mit Schuldgeständnissen zu bewerfen. Was Nathaniel und seine Mutter mit der Therapie in Angriff genommen hatten, um die Vergangenheit zu verarbeiten, stand seinen Großeltern noch bevor.

»Wenn ihr möchtet, zeige ich euch die Wohnung«, bot Miranda an.

»Sei mir nicht böse, aber ich würde lieber hier sitzenbleiben«, bat George.

»Aber sicher.«

»Dann bleibe ich auch hier«, sagte Nathaniel.

Seine Mutter und Oma standen auf und gingen ins Schlafzimmer.

»Und wie geht es dir?«, fragte George. »Also hier in Port Cliff. In Seattle hast du ja für ganz schönen Wirbel gesorgt.«

»Ich habe Freunde und eine Freundin.«

»Eine Freundin?«

»Ja.« War das abwegig?

»Ich dachte immer, du hättest dein Herz ans Parkour verloren.«

Nathaniel rechnete es seinem Opa hoch an, dass er noch wusste, was er am liebsten in seiner Freizeit machte. Er war nur einmal auf einer Feier dazu gekommen, es zu erwähnen, dann hatte ihn sein Vater unterbrochen.

»Jill macht auch Parkour. So haben wir uns kennengelernt.«

Sein Opa lachte. »Das hätte ich mir denken können. Hast du ein Foto? Darf ich sie sehen?«

»Ja, einen Moment.« Er stand auf und ging in sein Zimmer. Als er sein Handy vom Schreibtisch nahm, sah er eine Nachricht von Aiden.

Aiden: Halt durch und wenn die frech werden, sag Bescheid. Ich komme rüber.

Danke Kumpel, er entschied sich, nicht zu antworten. Bei seinem Glück tauchte eine weitere Nachricht genau dann auf, wenn sein Opa die Bilder von Jill sah und das musste Nathaniel nicht haben. Bis jetzt lief das Treffen gut, das wollte er nicht mit einem aus dem Zusammenhang gerissenen Satz kaputt machen.

»Das ist sie.« Nathaniel setzte sich wieder zu seinem Opa und hielt ihm das Handy hin. Nathaniel hatte sein Lieblingsbild von Jill ausgesucht, auf dem sie lachte und ihn gleichzeitig mit ihrem Blick aufforderte, beim Training ein bisschen mehr Power zu geben.

»Ein wacher Blick. Von dem Bild her würde ich sie als sehr ehrlich einschätzen.«

»Das ist sie.«

Eine unangenehme Stille trat ein. Nathaniels Mutter unterhielt sich im Nebenraum mit Joan über Gardinenfarben und Möglichkeiten, die Wohnung im Hochsommer kühl zu halten. Das Wort Dachbepflanzung fiel.

»Wann ist das eigentlich passiert?«, fragte Nathaniel und zeigte auf den Stock seines Opas.

»Vor einem Jahr.«

Ein Jahr schon? Habe ich sie so lange nicht gesehen?

»Die Hand kann ich fast wieder normal benutzen, das Bein, na ja.« Er zuckte mit den Schultern. »Das wird schon. Ich kann mich ganz gut bewegen, auch wenn es anstrengend ist.« Er rückte ein Stück nach vorne und sah dann Nathaniel an. »Deinem Vater war die Karriere immer wichtig. Mir auch. Die Arbeit war lange Zeit mein ganzer Lebensinhalt. Mach das nicht. Du siehst, wohin es dich führt.«

Nathaniel blinzelte. »In den Knast?«

Sein Großvater lachte. »Je nachdem wie du es anstellst, kann das passieren. Ich meine eigentlich etwas anderes. Mein ganzes Leben habe ich unter Stress gestanden und mir keine Pause erlaubt. Ich bin durch die Welt geflogen, zu Orten, an denen andere Urlaub machen und das Land kennenlernen. Was ich von der Welt kenne, sind die Hotelzimmer und Meetingräume. Von den Ländern selbst habe ich nichts gesehen.« Er schaute zur Schlafzimmertür. »Außerdem habe ich mir nie groß Gedanken gemacht, was dieser Lebensstil mit mir und der Umwelt macht.«

Nathaniel hatte einen Kloß im Hals. Das hätte er von seinem Vater niemals gehört. Nicht in 100 Jahren. Sich Gedanken machen über Konsequenzen? Das gab es für ihn nicht.

»Im Krankenhaus habe ich alles verflucht. Ich verstand einfach nicht, warum es mich getroffen hatte. Dann kam ein junger Arzt zu mir. Ich nehme an, dass er gerade mit seinem Studium fertig war. Er sagte mir, dass ich verdammt viel Glück hatte, dass der Thrombus so saß, dass sie ihn gut entfernen konnten. Er war sehr direkt und gab mir den Rat mein Leben langsamer anzugehen. Weniger Arbeit, weniger Stress, mehr Leben. Mehr mit den Menschen zusammen sein, die mir guttun. Viel in die Natur zu gehen. Denn es ist nicht selten, dass auf einen Schlaganfall ein zweiter folgt.«

»Und das hat dich zum Umdenken gebracht?«, fragte Nathaniel, während seine Gedanken einen anderen Weg eingeschlagen hatten. Wie hätte er reagiert, wenn es seinem Vater passiert wäre? Hätte er Mitleid gehabt? Oder wäre er sogar schadenfroh gewesen, weil das Karma endlich zugeschlagen hatte?

»Nicht sofort. Ich war eher wütend, dass mir dieser junge Kerl, der noch grün hinter den Ohren war und bisher nur wenig gearbeitet hatte, mir Vorschriften machen wollte.«

Das kam Nathaniel bekannt vor. Wenn Hinweise angenommen wurden, dann nur von Menschen, die auf dem gleichen gesellschaftlichen Stand waren. Auf wen das zutraf, das hatte sein Vater natürlich selbst entschieden. Von seinem Sohn einen Rat anzunehmen, egal wie logisch er auch gewesen war, das wäre ihm nie in den Sinn gekommen.

»Wann kam es dann?«

»Ich regte mich den ganzen Tag darüber auf. Mein Puls und mein Blutdruck waren viel zu hoch. In der Nacht wachte ich mit Atemnot auf. Ich konnte gerade noch den Notfallknopf drücken. Ich hatte eine Lungenembolie und man sagte mir hinterher, dass das auch ein zweiter Schlaganfall hätte werden können. Eben genau das, was der junge Arzt mir gesagt hatte. Auf der Intensivstation lief ein Radio und an einem Tag sendeten sie einen Talk über den Klimawandel. Ich hatte das immer runtergespielt und gedacht, die übertreiben nur. Jetzt hatte ich Zeit, darüber nachzudenken. Mehr als liegen und denken, konnte ich auch nicht.« Ein kurzes Schmunzeln flog über seine Lippen. »Das Leben hatte mir zwei Warnschüsse verpasst. Der Dritte könnte mein Ende sein.«

»Blöd, dass es das gebraucht hat«, murmelte Nathaniel.

»Ich hätte gerne drauf verzichtet, aber dann wäre ich nicht so schnell dazu gekommen umzudenken.«

»Mein Vater hat immer gesagt, der Name Alister steht für Erfolg. Wenn ich jetzt sehe, wohin es euch beide gebracht hat, dann will ich keinen Erfolg.«

Sein Opa rückte etwas näher zu ihm. »Joan war schockiert, auf welche Schule deine Mutter dich gehen lässt. Die große Karriere ist damit ausgeschlossen. Aber Erfolg kannst du nur für dich selbst definieren. Das muss keine Karriere sein. Weißt du, was für mich der größte Erfolg im letzten Jahr war?«

»Aufstehen zu können?«

»Wieder allein aufs Klo gehen zu können und mir selbst den Hintern abzuwischen.« Seine Offenheit riss ein paar Mauern aus vorangegangener Skepsis ein. Er zwinkerte seinem Enkel zu. »Was war es bei dir?«

Nathaniel unterdrückte ein Lachen. Sein Opa hatte es zwar witzig rübergebracht, aber er fand es nicht richtig, sich darüber zu amüsieren.

»Momente, in denen ich das Gefühl habe, dass alles gut ist.«

»Ja, das ist ein Erfolg. Ein Großer, wenn ich bedenke, was du hinter dir hast.«

Nathaniels Mutter und Joan kamen aus dem Schlafzimmer.

»Was hältst du davon, uns in den Sommerferien zu besuchen? Du kannst gerne deine Freundin mitbringen. Platz genug haben wir«, wechselte George das Thema.

Das unerwartete Umschwenken seines Opas, brachte Nathaniel durcheinander. Er hatte mit Seattle abgeschlossen. Seine Verbindungen dorthin waren alle gekappt und bis vor einer Woche hatte er gedacht, seine Großeltern ebenfalls nicht mehr zu sehen.

»Da gibt es doch immer dieses Festival im Sommer. Wäre das nicht auch was für Jill? Ihr könnt uns gerne in der Zeit besuchen«, schob sein Opa nach.

»Es würde mich auch freuen, wenn du kommst. Baron hat uns nicht viel von unserem Enkel gelassen«, stimmte seine Oma zu.

Nathaniel schaute hilfesuchend zu seiner Mutter. Ihnen nicht gleich eine Antwort geben zu wollen, kam ihm unhöflich vor. Der Abend war lang und sie würden das Wochenende bleiben. Wie seine Großeltern ihn kaum kannten, kannte auch er sie zu wenig für eine spontane Entscheidung. »Muss ich das jetzt entscheiden?«, fragte Nathaniel vorsichtig.

»Aber nein«, sagte Joan entschuldigend. »Wir sind ja da. Eine Woche Vorlauf würde uns reichen. Außer du hast etwas dagegen Miranda?«

Sie schüttelte den Kopf. »Nein, überhaupt nicht.«

»Du bist natürlich auch eingeladen. Dein neuer Lebens-gefährte ist uns ebenfalls willkommen.«

Noch etwas, womit Nathaniel nicht gerechnet hatte. War dieser Teil seiner Familie immer so herzlich gewe-sen? Wenn ja, dann hatte sein Vater sein Denken über die Alisters mehr beeinflusst, als er bisher angenommen hatte.

Auf den wenigen Feiern, bei denen Nathaniel dabei gewesen war, hatte durchaus eine nette Atmosphäre ge-herrscht, aber er war davon ausgegangen, dass die, zumin-dest zu einem Teil, nur gespielt war. Sein Vater hatte ihn in Gegenwart andere Menschen auch normal behandelt. Nathaniel hatte diese Verhaltensweisen blind auf den Rest der Familie übertragen.

»Ich werde Jason fragen, aber gebt ihm bitte etwas Zeit.«

»Aber natürlich, es ist für uns alle nicht einfach.«

Nathaniels Oma wusste gar nicht, wie recht sie damit hatte. Der Besuch war gut gewesen. Zu wissen, dass da noch Unterstützung war, tat gut. Auch wenn ein paar neue Dinge aufgetaucht waren, die Nathaniel jetzt in seinem Kopf herumschwirrten. Zusätzlich zu dem Treffen mit seinem Vater am Montag.

Kapitel 7

»Ah, Nathaniel hat es doch noch gesehen.« Aiden legte das Handy weg, nachdem er die beiden blauen Häkchen registriert hatte.

Er lehnte sich auf dem Bett, mit dem Rücken an die Wand, zurück. Dieser Freitagabend versprach ruhig bis langweilig zu werden. Nathaniel hatte Besuch von seinen Großeltern, Jill hatte ihren Discord-Abend mit ihrem Matheclub, Steve war bei David und Aiden war allein zu Hause. Seine Mutter hatte Nachtschicht und Calvin war mal wieder verschwunden. Wohin auch immer. Gesagt hatte er nichts. Aiden ging davon aus, dass er bei Shelly war. Wie Calvin sich ihm gegenüber im Moment verhielt, hatte Aiden auch nicht nachfragen wollen.

Er hatte sich daher auf einen Abend vor der Konsole eingerichtet, bis eine Nachricht von Sarah kam.

Sarah: Hi, hast du Lust mit mir zu zocken? Hier sind alle ausgeflogen und ich mag nicht allein :(

Aidens Herz machte einen freudigen Sprung. Sie hatten schon bei ihrem Treffen ein bisschen was zusammengespielt und er hatte gehofft, dass es nicht bei dem einen Mal bleiben würde.

Aiden: Klar, was magst du denn?

Sarah: Was hast du denn?

Aiden: Wie heißt du denn bei der Playstation, dann schicke ich dir eine Freundschaftsanfrage und du kannst selbst schauen.

Sarah: Erinome

Aiden gab ihren Nick in die Suchleiste ein. Es dauerte keine halbe Minute, bis sie seine Anfrage angenommen hatte. Sie hatten einige gleiche Spiele in der Bibliothek.

Sarah: Was hältst du von Dark Souls? Ich habe das noch nie im Mehrspieler gespielt.

Aiden: Ich habe es länger nicht mehr gespielt. Hoffe, ich bin noch fit darin.

Sarah: Gehen wir nebenbei ins Discord?

Aiden: Ja, ich muss nur das Headset holen.

Er legte Kontroller und Handy beiseite. Es war fast ein Jahr her, dass er das Spiel das letzte Mal in der Hand gehabt hatte und er wusste, dass er vieles vergessen hatte.

Aiden steckte das Headset in sein Handy, startete Discord und rief Sarah an.

»Hi, alles klar bei dir?«, fragte Aiden.

»Ja.«

»Und bei deinem Vater?«

»Der ist froh, dass er dieses Wochenende mal frei hat, wenn nicht wieder irgendwas passiert.«

»Passiert?«

»Bei seinem letzten freien Wochenende war diese Schießerei zwischen zwei Gangs ausgebrochen. Statt frei hat er eine 24-Stunden-Schicht machen müssen.«

»Aber das war vor zwei Monaten! Hatte er seitdem kein

freies Wochenende mehr?«

»Nein, nur immer einen freien Tag in der Woche. Der Fall ist bis heute nicht abgeschlossen. Die Schießerei war nur die Spitze des Eisberges.«

»Ich kann es mir vorstellen.« Aiden hatte damals in der Zeitung gelesen, dass sich die Ermittlungen hinziehen würden. Aber über zwei Monate? Für die Medien war der Fall schon nicht mehr interessant genug, davon zu berichten.

»Ich bin drin«, sagte Sarah.

»Sekunde, ich habe noch Ladebildschirm. Das Internet hier unten ist lahm.«

»Dann lade ich dich mal ein.«

»Was machen wir denn?«, fragte Aiden.

»Erstmal ein bisschen rumlaufen zum Warmwerden und dann ein paar Bosse?«

»Das hört sich gut an.«

Mit Sarah durch diese düstere und zugleich auch magische Welt zu laufen, fühlte sich vom ersten Moment an richtig an. Sie spielte eine Bogenschützin, was es ihr allein schwer machte. Gemeinsam ergänzten sie sich. Aiden griff mit seinem Schwert an und gab Sarah die nötige Zeit zum Zielen.

Zwischendurch tauschten sie ihre Positionen, um Aiden die Gelegenheit zu geben, auch einmal einen Bogen auszuprobieren. Er wechselte schnell wieder auf das Schwert zurück. Das Spiel an sich, erforderte schon eine Menge Geduld und eine hohe Frustrationstoleranz, aber mit einem Bogen war bei Aiden beides deutlich überschritten. Wie viele Stunden musste Sarah mit diesem Spiel verbracht haben?

Seine Gedanken glitten ab. Sie hatte ihm erzählt, dass es dieses Spiel war, das sie nach dem Ende ihrer Sportzeit begleitet hatte, bis ihr Fuß wieder in Ordnung gewesen war. Was war ihr dabei alles durch den Kopf gegangen? Ja, diese Welt war magisch düster, aber sie konnte auch traurig machen. So viele Orte, die das Vergängliche zeigten. Hatte Sarah sich deswegen darin verloren, weil es ihre Gefühle widergespiegelt hatte?

»Hey, Aiden. Pass auf!«

Das war knapp gewesen. Er warf sich einen Heiltrank ein und wich einem neuen Angriff aus.

Mist.

Ablenkungen war in diesem Spiel unverzeihlich.

»Warum will einen hier eigentlich alles töten?«, beschwerte er sich.

Sarahs helles Lachen kam durch das Headset. »Du bist mit einem Schwert auf den losgegangen, was erwartest du?«

»Also das ist ja nun wirklich kein Grund.«

Sarah spannte den Bogen und richtete ihn auf Aidens Charakter. Aus einem Reflex heraus ging er in Blockposition.

»Also wirklich, nur weil ich meinen Pfeil auf dich richte, musst du ja nicht gleich das Schild heben.« Sie senkte die Waffe und gähnte. »Wie spät ist es eigentlich?«

»Weiß ich gar nicht.« Aiden schaute aufs Handy. »Oh, wir haben schon eins.«

»Echt? Dann spielen wir schon fünf Stunden? Kommt mir gar nicht so lange vor.«

Aiden auch nicht. Seine Augen waren ein bisschen müde, aber er hätte noch einmal fünf Stunden spielen können, wenn Sarah dabei gewesen wäre.

»Ich glaube, ich geh dann mal schlafen. Sonst ärgert mein Vater mich morgen wieder damit, dass ich nicht aus dem Bett komme.«

»Dein Vater ist ziemlich entspannt dafür, dass er ein Polizeirevier leitet.«

»Sollte er das nicht?«

»Doch.« Aiden war froh, dass Sarah ihn nicht sehen konnte. Seine Wangen glühten. »Aber er lässt dich zu uns kommen, obwohl er weiß, was los ist.«

»Gedanken macht er sich natürlich und er muss sich öfter gegen meine Mutter durchsetzen. Sie hat wegen der Gangs Angst. Ich kann es verstehen. Aber mein Vater sagt auch, dass es durch ihn eben für uns schlimmer aussieht als es ist. Es gibt viele Probleme, aber er ist immer wieder überrascht über den Zusammenhalt, der in den alten Vierteln herrscht.«

»Da hat er recht. Wenn ein Abfluss verstopft ist, fragt man den Nachbarn, der sich auskennt. Dafür kann ein anderer eine Waschmaschine reparieren. Meine Mutter hat früher auf die Kinder der halben Nachbarschaft aufgepasst, wenn die Eltern niemanden hatten und arbeiten mussten.«

»Dann war bei euch immer volles Haus?«

»Kann man so sagen.« Aiden lachte, als er sich an diese Zeiten erinnerte. Neben ihm und seinen Brüdern waren immer mindestens drei weitere Kinder im Haus gewesen. Es war schön, aber er hatte sich oft Zeit für sich gewünscht.

»Trotzdem, es klingt netter, als es ist. Vieles ist einfach aus der Not heraus geboren. Wenn du den Klempner nicht bezahlen kannst, musst du dir was anderes ausdenken. Meine Mutter ist an ihren Job nur gekommen, weil der Vater eines ehemaligen Kindes ihr erzählt hat, wer sucht.«

»Warum können Menschen in Not zusammenhalten und sonst lebt jeder für sich?«

»Auch dann nicht immer. Hier gibt es genug, die zuerst an sich denken. Und jetzt geh schlafen. Ich möchte nicht, dass dein Vater dich ärgert.«

»Ach, das halte ich aus. Mein Dad mag dich und hat gefragt, wann du denn mal wieder kommen möchtest.«

»Also ... Ich ...« Wieso bekam er jetzt wieder nur Gestammel heraus?

»Das muss du nicht jetzt entscheiden. Ich kann auch zu dir kommen, wenn es okay für dich ist.«

»Natürlich. Immer. Kein Problem.« Er schaute sich in seinem Zimmer um. Er würde aufräumen müssen.

»Das ist toll. Dann gute Nacht.«

»Ja, schlaf gut.«

Aiden beendete die Verbindung und legte das Headset weg. Er rieb sich die Ohren. Auf die lange Zeit war es unbequem geworden. Außerdem knurrte sein Magen.

In der Küche stand ein Auflauf, von dem seine Mutter sagte, er und Calvin sollten ihn sich warmmachen, wenn sie Hunger hatten.

Hoffentlich hat er mir was übriggelassen.

Aiden ging die Treppe hinunter. Im Erdgeschoss war das Licht an. Eine Tür fiel zu. Aiden blieb am Absatz stehen und wartete. Calvin kam die Treppe in den ersten

Stock herauf und ging in sein Zimmer, ohne ihn zu bemerken.

Aiden musste schmunzeln. *War wohl bei Shelly. Süß. Calvin wird groß.*

Eigentlich sollte Calvin um 22 Uhr zu Hause sein. Aiden beschloss, dass er nichts von dem späten Heimkommen wusste, und setzte seinen Weg in die Küche fort. Der Auflauf stand unberührt auf der Arbeitsfläche. Aiden stellte sich eine Portion in die Mikrowelle. Den Teller nahm er mit auf sein Zimmer.

Noch einmal schaute er sich um. Ja, er würde wirklich aufräumen müssen, bevor Sarah vorbeikam.

Kapitel 8

Die Sonne kitzelte Aiden an der Nase. Er zog sich die Decke über das Gesicht und verfluchte sich dafür am Abend die Vorhänge nicht zugezogen zu haben. Schnell wurde ihm das zu warm und er gab es auf, weiterschlafen zu wollen.

Aiden rieb sich die Augen und warf einen Blick aufs Handy. *Was? Fast 11 Uhr?* Er legte das Handy wieder neben das Kissen und streckte sich. Dann stand er auf, nahm den Teller von letzter Nacht und noch ein paar weitere Geschirrteile, die sich auf seinem Schreibtisch stapelten. Er musste aufräumen. Dass er das schon in seinen Träumen getan hatte, half ihm im wachen Zustand leider nicht.

Am Kühlschrank hing eine Nachricht von seiner Mutter, dass sie einkaufen war.

Aiden schüttelte den Kopf. Warum schlief sie sich nach ihrer Nachtschicht nicht aus? Außerdem hatte er oft genug angeboten, dass er auch gehen konnte. Warum nahm sie das nie an?

Er wollte auf sein Zimmer zurück, um noch mehr Teile zu holen und nahm einen der kleinen Wäschekörbe mit hoch. Auf dem Schuhschrank im Flur lag die aktuelle Tageszeitung. 'WEITERE GEDENKKERZEN AUFGE-TAUCHT!'

Aiden blieb stehen, um den ganzen Artikel zu lesen. Im Viertel waren weitere fünf CandlesOfVisibility aufgetaucht.

Mr. Wilson tat ihm leid. Aiden konnte sich gut vorstellen, dass die Hand des Bürgermeisters schon auf dem Telefon lag, noch bevor er den vollständigen Artikel gelesen hatte.

Aiden wollte in sein Zimmer zurück, kam aber nur bis in den ersten Stock. Es klingelte an der Tür. Er stellte den Wäschekorb ab und rannte die Treppe wieder runter. Sicher war es seine Mutter, die mit den schweren Taschen nach Hause kam.

»Oh«, machte Aiden, als er die Tür öffnete.

Shelly stand davor. »Hallo«, sagte sie leise.

»Hi, willst du zu Calvin?«

»Ja, ist er zu Hause?«

»Ich habe ihn heute noch nicht gesehen. Komm rein, ich schau mal nach.«

Sie rieb sich die Arme. »Ich würde lieber hier warten.«

Aiden zuckte mit den Schultern. »Na gut. Moment, bin gleich wieder da.«

Er ließ die Tür offen und ging in den ersten Stock. Wenn Calvin erst spät nach Hause gekommen war, lag er wahrscheinlich im Bett. Aiden klopfte an die Tür. »Calvin?«

Keine Reaktion. Er klopfte noch einmal. Nichts.

»Calvin, wach auf. Shelly ist unten und wartet auf dich.«

Als darauf nichts kam, drückte er den Türgriff herunter.

Abgeschlossen war nicht.

Das Bett seines Bruders war leer. Die Decke lag ordentlich zusammengefaltet darauf. Hatte er überhaupt darin gelegen? Skeptisch schaute Aiden sich um. Wann war Calvin wieder gegangen? Sein Blick fiel auf den Schreibtisch. Unter einem Papierstapel stand etwas hervor. Er ließ sich von seinem Instinkt leiten und zog es heraus. *Das ist eine Schablone für diese Kerzen.* Ihm wurde schwindlig. Seine Vorstellungskraft gab alles. Er sah Calvin, wie er mit der Schablone und den Farben durch das Viertel zog. Dann einen Polizeiwagen, der ihn bei seiner Streife erwischte. Calvin der in einem von diesen Zimmern saß, die Aiden aus Crimeserien kannte, und verhört wurde. Seine Mutter, wie sie die Haustür öffnete und Sarahs Vater davorstand. Gemeinsam mit Calvin. Ein Prozess.

Schluss damit! Weltuntergangsszenarien brachten ihn jetzt nicht weiter. Erst einmal musste er Shelly Bescheid geben, dass Calvin nicht hier war.

Aiden legte die Schablone weg. So gefasst es ihm möglich war, kehrte er zu Shelly zurück.

»Er ist nicht da. Ich dachte, er schläft noch, weil er gestern erst so spät wiedergekommen ist.«

»Ach so. Okay, danke.« Sie drehte sich um und ging.

Aiden hatte sich etwas mehr erhofft. Damit starb die kleine Flamme der Hoffnung, dass Calvin bei ihr gewesen war und nicht draußen, um die Kerzen an den Wänden anzubringen.

Aiden schloss die Tür und lehnte sich daran. Calvin war still geworden in der letzten Zeit. Im Gegensatz zu seinen größeren Brüdern, Owen und Aiden, war er immer der

Ruhigste der drei Jungs gewesen. Nachdem Shelly nach Calvin gefragt hatte, war das für Aiden die einfachste Erklärung gewesen. Liebe. Sie veränderte einen Menschen und warum sollte sie Calvin nicht noch etwas stiller machen? Gleichzeitig war er Nathaniel gegenüber aggressiv im Ton. Hormone wären eine schöne, leichte Erklärung für das alles gewesen.

Er kehrte in Calvins Zimmer zurück, drehte die Schablone ein paar Mal in der Hand, dann schob er sie wieder unter den Papierstapel und ließ sie ein Stück heraushängen.

Aiden schaute sich um. Vielleicht fand er noch mehr Hinweise darauf, was Calvin in den Nächten trieb.

Von der Wand, hinter dem Bett, beobachtete ihn das lebensgroße Abbild von Darth Vader, das Calvin in mehreren Tagen Arbeit gemalt hatte. Vor dem Todesstern im Weltall. Begleitet von ein paar X-Wings. Calvin hatte schon immer viel gezeichnet und sich stundenlang darin verloren, während er Musik hörte. Er war durch die viele Übung gut geworden, wünschte sich, später sein Hobby zum Beruf zu machen. Als Illustrator. Am liebsten in der Spielebranche, in die Aiden auch so gerne als Programmierer wollte.

Sie hatten überlegt, sich zusammenzutun. Eigene Indie-Spiele zu entwickeln. Das alles kam Aiden jetzt unendlich weit entfernt vor.

Auf Calvins Schreibtisch lagen noch Skizzen, angefangene Buntstiftzeichnungen, aber nichts, was Aiden weitergebracht hätte.

Calvin ... Warum? Dir müsste doch klar sein, dass das eine dämliche Sache ist. Nein. Nicht dämlich. Aiden dachte an Sarahs Vater und den Rest seines Reviers, die mit ihm hatten zusammenarbeiten wollen.

Er verließ das Zimmer und ging in sein eigenes. Dort lief er auf und ab. Immer vier Schritte hin und vier Schritte zurück. Mehr Platz war nicht. Unruhe machte sich breit. Gedanken. Viel zu viele davon. *Was soll ich machen? Ich kann Mum das nicht sagen. Sie hat genug um die Ohren. Wenn sie jetzt hört, dass Calvin ... Nein. Das geht nicht. Das endet im Streit und er wird sich davon nicht aufhalten lassen.*

Aiden griff zum Handy. Er musste mit jemanden darüber sprechen. Er schrieb Nathaniel und Jill, ob sie sich in der Halle treffen konnten. Dass ihm etwas auf der Seele lag, behielt er zunächst für sich. Von Nathaniel kam innerhalb von wenigen Sekunden die Absage. Seine Großeltern waren noch da und er konnte nicht weg.

Verständlich.

Jill hatte die Nachricht zwar empfangen, aber nicht gesehen. Aiden schlug sich leicht gegen die Stirn. Sie hatte ihm in der Schule gesagt, dass sie heute ein Treffen mit ihrem Matheclub hatte.

In die Halle wollte er trotzdem. Das Haus engte ihn ein. Er brauchte Platz. Die Wände erdrückten ihn zusätzlich zu seinen Gedanken.

Kapitel 9

Sorry Aiden. Heute nicht. Nathaniel steckte das Handy weg. Er mochte keine Heimlichkeiten. Erst recht nicht vor seinen Freunden. Nathaniel hatte sich geschworen, gut auf Jill aufzupassen, während sie all ihre Parkourskills aus sich herauskitzelten, um das ungute Gefühl, mit dem er aufgebrochen war, etwas zu beruhigen. Es klappte nur mittelmäßig. Und dass er Aidens Bitte, nach einem Treffen an der Halle, mit einer Ausrede abgelehnt hatte, machte es nicht besser.

Nathaniel seufzte. Er hätte gerne offen mit Aiden über das Training gesprochen, aber Jill hatte das vehement abgelehnt und er hatte es ihr nicht abschlagen können. Also musste er mit seinen Gewissensbissen leben.

Der Wasserturm bildete das Zentrum des Industriegebietes. Wie ein Wächter thronte er über allem. Soweit Nathaniel wusste, war es eines der ersten Bauwerke gewesen. Das Brackwasser der Bucht war als Trinkwasser unbrauchbar und der Wasserturm hatte die Voraussetzung für eine dichtere Besiedlung geschaffen.

Jill lehnte an einem der vier rostigen Pfeiler und stieß sich davon ab, als Nathaniel in Sichtweite kam.

»Hi, wartest du schon lange?«

»Nein.« Jill musterte ihn. »Wie geht es dir?«

»Besser als erwartet.«

»Und das heißt?«

»Sie haben uns im Sommer nach Seattle eingeladen. Sie wollen uns besser kennenlernen. Außerdem ist zu der Zeit ein Sportfestival, auf das ich immer gehen wollte.«

»Das klingt gut. Dann war dein Vater also das schwarze Schaf der Familie.«

»Ja«, stimmte Nathaniel zu, auch wenn er diese Bezeichnung den Schafen gegenüber unfair fand. »Dich haben sie gleich mit eingeladen.«

Jill weitete die Augen. »Mich?«

»Dich und Jason.«

»Ich weiß ja nicht.«

»Stress dich nicht. Ich bin mir genauso unsicher. Oma meint, ihr reicht es, eine Woche vorher Bescheid zu wissen.«

»Das ist gut.« Jill atmete durch. »Es freut mich, dass es so ausgegangen ist.«

»Ich auch. Können wir jetzt los?«

»Klar.«

Jill führte ihn weg vom Wasserturm, eine Gasse zwischen Baracken entlang. Die zerbrochenen Fenster gaben einen Blick auf rostende Bettgestelle frei und Waschbecken, bei denen die Armaturen fehlten. Auf dem Boden stand ein Paar Schuhe, auf Nachttischen Flaschen und Tassen und an einem Hacken hing noch eine Jacke.

»Das waren Häuser für Zeitarbeiter«, erklärte Jill. »Wenn Port Cliff nicht genug Arbeitskräfte hatte, kamen sie aus anderen Regionen zu uns.« Sie blieb stehen und griff nach einer Dose, die auf dem Fensterbrett stand. »Ist aber schon lange her.«

»7/1990?«, las Nathaniel das Haltbarkeitsdatum vor. »Bisschen drüber.«

»Nur knapp.« Jill stellte die Dose zurück und setzte ihren Weg fort.

Nathaniel fiel ein Bilderrahmen auf, der auf dem Schrank neben einem Bett stand. Was auf dem Foto war, war nicht zu erkennen. Vielleicht eine Frau oder Kinder, die zu Hause auf ihren Vater warteten?

»Wir sind gleich da. Nur noch um die Ecke da vorne.« Jill zeigte auf das Ende der Straße.

»Was erwartet mich denn?«

»Siehst du gleich.«

Die Gasse mündete in eine der Hauptwege des Industriegebietes. Ein Lastwagen aufgebockt, ohne Reifen hatte man am Straßenrand zurückgelassen. Auf der rechten Seite befanden sich sechs quadratische Becken, die bis zu vier Meter in den Boden gingen. Sie waren über Kanäle miteinander verbunden. Ihre Wände hatte man vollständig mit Backsteinen ausgekleidet.

»Und hier siehst du den gescheiterten Versuch einer Aquakultur. In den Sechzigern hat eine Firma mit Fischzucht experimentiert.«

»Sie haben nicht überlebt?«

»Die Fische oder die Firma?«

»Die Fische«, antwortete Nathaniel.

»Nein. Nachdem zweimal alle Tiere verendet sind, hat man es aufgegeben.« Jill trat an den Rand des ersten Beckens heran.»Aber gut für uns.« Sie drehte sich zu Nathaniel um und grinste.

Nathaniel schaute ins Becken. Bis zum Boden gab es drei Stufen mit Höhen zwischen einem halben bis zu anderthalb Metern.

»Was ist dir hier passiert? Sieht auf den ersten Blick alles harmlos aus.«

»Ist es auch. Im Winter und Frühjahr sammelt sich der Regen und es bilden sich Algen. Die trocknen im Sommer aus. Es hatte damals in der Nacht geregnet und ich habe nicht geprüft, ob es rutschig ist. Ich bin mit dem Knie gegen eine Kante geschlagen. Es hat geblutet und die Wunde hat sich entzündet. Blöd gelaufen.«

»Lage falsch eingeschätzt. Passiert halt.«

»Eben. Deswegen verstehe ich Aiden nicht. Er macht da einen Wirbel drum.« Sie rollte mit den Augen.

»Aber jetzt ist alles trocken.« Nathaniels Gewissen beruhigte sich nach Jills Erklärung. Zumindest der Teil, der sich wegen der Heimlichkeit Aiden gegenüber gerührt hatte.

»Genau, wir sollten keine Probleme haben. Jedes Becken ist anders. Ich habe hier Wall-Jumps geübt.« Verbissen presste sie kurz die Lippen zusammen.»Ich habe es nicht geschafft, die komplette Wand hochzukommen und das lässt mir keine Ruhe.«

»Dann wird es Zeit. Ich schau mir das erstmal von oben an.«

Nathaniel nahm sich viel Zeit, das Gelände zu begutachten. Seine Begeisterung war schnell geweckt. Der Untergrund machte einen stabilen Eindruck, die Sprünge waren abwechslungsreich und herausfordernd. Das versprach interessant zu werden.

»Du?«, Jill legte ihm die Hand auf die Schulter. »Bist du dir sicher, dass du das heute trainieren willst?«

»Klar, wieso nicht?«

»Ist dein Kopf frei genug?«

»Wegen meines Vaters?«

Jill nickte.

Nathaniel schaute in das Becken vor seinen Füßen. »Wenn ich nicht bereit wäre, hätte ich abgesagt.«

»Sicher?«

»Ja. Ablenkung ist gut.«

»Übertreib es nicht, versprochen?«

»Habe ich das jemals getan?« Nathaniel sah sie an und lächelte aufmunternd.

»Ich habe nicht genug Hände, um das abzuzählen«, antwortete Jill mit skeptischem Blick. Ob jetzt wegen seiner Aussage, sein Kopf sei frei oder es nicht zu übertreiben, da war er sich unsicher.

»Ich will diese Mauer bezwingen. Das muss doch zu schaffen sein.« Jill stellte sich an den Rand des Beckens, trat zwei Schritte zurück und rannte los. Sie sprang die Stufen herunter, bis sie am Boden des Beckens war. Nathaniel zählte, die langen Schritte, die sie bis zum Absprung für den Walljump brauchte. Es waren fünf.

Wenn ich fünf Schritte mache, ist der Abstand für den Sprung wahrscheinlich zu klein. Ich muss die Stufen anders nehmen als sie.

Jill stieß sich ab, sprang gegen die Wand und wandelte ihre Vorwärts- in eine Aufwärtsbewegung um. Sie griff nach der Kante und verfehlte sie um einen halben Meter. »Siehst du, was ich meine?« Sie schaute zu Nathaniel hoch.

»So viel hat nicht gefehlt.« Er stellte sich an den Punkt, an dem Jill angefangen hatte und wartete, bis sie wieder bei ihm stand.

»Zumindest bin ich höher gekommen als damals.«

»Der Zaun am Haus war drei Meter«, überlegte Nathaniel laut.

»Die Wand ist höher. Drei Meter schaffe ich.«

Nathaniel legte los. Sein Ziel war es auf der untersten Ebene so aufzukommen, dass er nach vier Schritten den Sprung beginnen konnte. Er entschied, bei den Stufen nah an den Kanten zu landen. Bei der ersten gelang ihm das spielend, er stieß sich ab und nahm mit den Armen viel Schwung mit. Nathaniel genoss diesen Moment, der dem Fliegen nahekam.

Oh, das wird zu weit! Es hatte ausgesehen, als seien alle Stufen gleich lang. Waren sie aber nicht. Nathaniels Sprung war zu weit, sodass er eine Ebene komplett ausließ. Er machte einen kurzen Schritt, damit er am Boden des Beckens auf die vier Schritte kam, die in seiner Planung Sinn gemacht hatten. Es passte, aber die Verkürzung durch den Zwischenschritt hatte ihm die Geschwindigkeit genommen. Nathaniel versuchte sich dennoch an dem Walljump, kam jedoch nicht an Jills Höhe heran.

»Die Distanz ist schwer«, rief Jill.

Nathaniel hob den Kopf und schaute die Wand vor sich hinauf. *Als ich über den Zaun gesprungen bin, war der Anlauf viel kürzer gewesen und der Winkel schlechter. Ich habe es*

107

trotzdem geschafft, also kann ich das hier schaffen. Er drehte sich um. »Warum hast du mir nicht gesagt, dass die Stufen nicht alle gleich lang sind.«

Jill beugte sich vor und grinste. »Ich wollte sehen, ob du beim ersten Mal genau so dämlich vor der Wand stehst wie ich.«

»Ich liebe dich auch!« Seine Stimme hallte an den Wänden wider.

»Weiß ich und jetzt mach Platz.«

Auf dem Weg nach oben machte Nathaniel so weite Schritte, wie möglich und zählte dabei ab. Er wollte sich einen besseren Eindruck von den Entfernungen machen. Das hier war genau die Herausforderung, nach der er gesucht hatte.

Kapitel 10

Aiden hatte erwartet, allein in der Halle zu sein. Sarah hier anzutreffen, ließ ihn am Tor stehenbleiben, um sie im Lauf nicht zu stören. Sie rannte auf eine Säule zu, sprang dagegen und landete nach einem Backflip wieder auf den Füßen. Mit einem weiteren Salto setzte sie zurück, fixierte die obere Kante der Säule und nahm Schwung.

Der Anlauf ist zu kurz, dachte Aiden und überlegte, ob er sie aufhalten sollte. Er tat es nicht. Zwar wollte er nicht, dass sie sich verletzte, aber sie musste ihre eigenen Erfahrungen machen. Wie sie alle.

Sarah war von ihrer Distanz überzeugt. Sie sprang mit viel Geschwindigkeit gegen die Säule und schob sich mit ihrem Vorfuß nach oben. Sie packte die Kante und zog sich hoch.

»Ha! Geht doch«, rief sie triumphierend.

Mit einer solchen Sprungkraft hätte ich nicht gerechnet. Aiden nickte anerkennend. *Ich unterschätze sie viel zu oft.*

Sarah setzte sich und glitt vorsichtig von der Säule herunter. Aiden gab es ein gutes Gefühl ihre Vorsicht zu sehen.

Als Sarah mit beiden Füßen fest auf dem Boden stand, betrat Aiden die Halle.

»Hi, was machst du denn hier?«

Sarah drehte sich um und strahlte über das ganze Gesicht. »Wonach sieht es denn aus?« Sie kam auf ihn zu, schlug dabei ein Rad und blieb vor Aiden stehen. »Nach einem guten Wallclimb.«

Sie neigte den Kopf. »Wie lange bist du schon hier?«

»Erst kurz. Ich wollte dich nur nicht unterbrechen.«

»Ach so. Ich dachte, du beobachtest mich. Wie Jill bei Nathaniel.«

»Sie hat ihn beobachtet?« Das war ihm neu.

»Hat sie dir das nicht gesagt?« Sarah sah verlegen zur Seite. »Sie hat ihn einmal zufällig gesehen und war dann von seinen Skills begeistert gewesen. Deswegen ist sie öfter zu dem Ort zurückgegangen.«

Aiden blinzelte erstaunt. »Das hat sie mir gar nicht erzählt.« Er ertappte sich dabei, Jills Entscheidung zu verstehen. Ihm war bewusst, teilweise übervorsichtig ihr gegenüber zu sein. Wenn sie ihm erzählt hätte, dass sie einen Typen beobachtete, hätte er sie gewarnt. Vor allem, wenn sie allein gewesen war.

»Kannst du es für dich behalten? Ich bin davon ausgegangen, du wüsstest es.«

Er nickte und stellte seinen Rucksack ab. In seinem Kopf war derzeit kein Platz, um sich weiter darüber Gedanken zu machen. »Wie lange bist du schon hier?«

»Eine Stunde etwa. Ich habe Pausen gemacht, keine Sorge.« Sie zwinkerte ihm zu.

»Dann ist gut.«

»Warum hast du nicht gesagt, dass du heute kommen wolltest?«

»Ich wusste es nicht. War ja gestern etwas länger.« Er versuchte sich an einem amüsierten Lächeln. Sarahs langsames Nicken, gepaart mit einem misstrauischen Blick sagten ihm, dass es wenig überzeugend war.

»Ich hätte nichts dagegen, das heute zu wiederholen.«

»Und dann ärgert dich dein Vater, weil du nicht aus dem Bett kommst?« In Aiden tobte die Unruhe. Er war hergekommen, um sie abzubauen und mit einem klaren Kopf zu überlegen, wie er Calvin aus der Situation herausholen konnte. Sich jetzt mit Sarah zu unterhalten, war auf der einen Seite schön, aber es fiel ihm schwer, sich darauf zu konzentrieren.

»Er musste zum Dienst«, sagte Sarah. »Sie haben ihn heute Morgen gerufen.«

»Wegen der Kerzen?«

»Ja. Hast du es in der Zeitung gesehen?«

»Hm«, machte er, um sich Zeit für seine Antwort zu verschaffen. Konnte er sich Sarah anvertrauen? Oder besser: Konnte er verantworten, sie in einen Zwiespalt zu bringen? Er ging nicht davon aus, dass sie Calvin ihrem Vater auslieferte. Aber sie spürte den Druck, dem ihr Vater ausgesetzt war und würde sicher darunter leiden, die Wahrheit zu kennen, ohne sie aussprechen zu dürfen.

»Kannst du was für dich behalten?«, fragte Sarah.

»Natürlich.«

»Ich habe bei dem Telefonat rausgehört, dass der Bürgermeister gerne ein ganzes Team auf diesen Sprayer ansetzen würde.«

»Wie bitte?« Das genügte, um bei Aiden die Sicherungen durchbrennen zu lassen. »Ach dafür ist plötzlich Personal da? Das soll er lieber deinem Vater für seine Aufgaben unterstellen, damit er vernünftig arbeiten kann.«

Trotz flammte in Aiden auf. Vor dem Hintergrund hätte er Calvin lieber unterstützt, als versucht ihn aufzuhalten. Auf der einen Seite freute es ihn, dass er seinem Bruder nah war. Aber, egal welche guten Absichten dahinter standen, illegal zu sprayen, ging nicht.

»Der Bürgermeister will unter allen Umständen verhindern, dass es zu hohe Wellen schlägt. Seine Umfragewerte sind im Keller. Er hat bei den letzten Wahlen viel versprochen und kaum etwas umgesetzt.«

Damit untertrieb Sarah noch. Der Bürgermeister war in den letzten zwei Jahren mehr als einmal in die Kritik geraten. Man hatte ihm Bestechlichkeit vorgeworfen, aber nicht nachweisen können. Trotzdem hielten sich die Gerüchte hartnäckig. Einige hatten seinen Rücktritt gefordert. Aiden sah in dem Bürgermeister ein Tier, das sich in die Ecke gedrängt fühlte und mit allen Mitteln um seinen Posten kämpfen würde.

Aiden musste Calvin aufhalten und das am besten ohne, dass sie am Ende nie wieder miteinander sprachen. Er vermisste die Zeit, in der sie ein gutes Team gewesen waren. Sie hatten bis nachts am PC gesessen und sich überlegt, wie sie ein Spiel aufbauen konnten. Die Story geschrieben, Calvin hatte erste Entwürfe für die Charaktere gezeichnet, während Aiden sich in Programmieren eingelesen hatte. Mit dem Traum im Herzen, das Konzept an eine Entwicklerfirma zu schicken. Er wünschte sich das zurück.

»Sollen wir anfangen?«, riss Sarah ihn aus seinen Gedanken.

Aiden streckte sich. Seine Gelenke waren steif. In seinem Rücken knackte es. Er beugte sich herunter und wollte mit den Fingern den Boden berühren. Er kam nicht heran. Sonst gelang ihm das immer. War es eine gute Idee zu trainieren?

Als Nathaniel Jill kennengelernt hat, war er mit seinem Kopf nicht bei der Sache gewesen und es war schmerzhaft für ihn ausgegangen.

Aiden schaute auf seine Hände. Nathaniel sah man an, wenn ihn die Unruhe im Griff hatte. Ihm nicht. Sie waren ruhig. Aiden krallte die Finger, ballte die Fäuste. Es war kaum die Kraft darin, die er brauchte, um sich festzuhalten.

»Sarah? Ich bin nicht fit genug. Die Nacht war zu kurz. Hättest du Lust mit zum Hafen zu kommen?«

»Warum nicht? So lange hätte ich eh nicht mehr machen wollen.« Sie stopfte ihre Trinkflasche in ihren Rucksack und hängte sich einen Gurt über die Schulter. »Bin bereit.«

Sie gingen nah nebeneinander. Ihre Hände berührten sich. Aiden zuckte zusammen und zog sie weg. Von Sarah kam keine Reaktion. War ihr das nicht unangenehm gewesen? Eher im Gegenteil?

Sein Kopf war voll mit den Sorgen um Calvin. Zusätzlich breitete sich ein Kribbeln von seinem Bauch in seinen ganzen Körper aus. Es hämmerte heftig in seiner Brust, wann immer er einen kurzen Seitenblick zu Sarah warf. Das war mehr als Freundschaft.

Süß. Das ist süß von dir. Ihre Worte hatten sich bei ihm

eingebrannt. Es gab acht Milliarden Menschen auf dieser Welt. Warum musste er genau für dieses eine Mädchen, dessen Vater jetzt auf seinen Bruder angesetzt war, Gefühle entwickeln? Verdammt, als wäre die Situation nicht schon kompliziert genug! Aiden hätte am liebsten laut geschrien, um dem Chaos Luft zu machen. Nur war der Moment denkbar ungünstig.

Sarah schaute auf die andere Seite des Flusses, auf der die Wolkenkratzer im Stadtzentrum alles überragten. »Die sitzen da und haben keine Ahnung, was hier los ist«, flüsterte sie.

»Sie wissen es«, widersprach Aiden überzeugt.

»Meinst du?«

Aiden nickte und erinnerte sich an seine Biolehrerin. Sie hatte ihnen von ihren Mitstudenten erzählt, denen durchaus bewusst war, wie es in den alten Viertel aussah. Sie hatten von den Gangs gehört. Der Arbeitslosigkeit und den vielen anderen Problemen, mit denen man hier zu kämpfen hatte. Seine Lehrerin hatte bemerkt, dass es ihre Mitstudenten betroffen hatte. Betroffen und hilflos.

Wenn Menschen sich mit einer Situation überfordert fühlen, versuchen sie es zu verdrängen. Man darf nie vergessen, dass jeder mit etwas kämpft. Die Sorgen eines anderen, zum Teil des eigenen Lebens werden zu lassen, kann zu viel sein. Also macht bitte niemals jemanden einen Vorwurf, wenn er sich für euer Problem nicht so interessiert, wie ihr es euch wünscht. Oder es ethisch gesehen notwendig wäre.

»Vor den Wahlen kommen Politiker nur selten zu uns. Der Bürgermeister war einer von den wenigen. Er hat große Reden geschwungen und die Menschen auf seine

Seite gebracht. Nur verbessert hat sich nichts. Im Gegenteil. Der Frust ist groß. Wenn jetzt einer käme, buht man ihn aus oder bewirft ihn mit faulem Obst. Im besten Fall gibt es nur kritische Fragen.«

Sarah blieb stehen. »Würdest du mit einem der Politiker reden, wenn du die Chance hättest?«

Aiden wollte es sofort bejahen, bremste sich dann aus. Er war zu oft enttäuscht worden. »Da würde ich mir Gedanken drüber machen, wenn es so weit wäre. Je nachdem, wer da stände, vielleicht ja.«

Sie lächelte. »Das mag ich an dir. Du bist nicht so verkopft wie ich. Ich denke über alles mehrmals nach und lege dreihundert Möglichkeiten zurecht, je nachdem, was ich sagen will.«

»So spontan bin ich nicht«, stritt Aiden ab.

»Ich meine nicht spontan. Du zerdenkst nicht alles.«

»Meinst du?« Hatte er das etwa laut ausgesprochen? Und wenn ja, gab es eine Möglichkeit das zurückzunehmen?

»Stimmt das nicht?«

»Nicht immer.« War das jetzt elegant herausgewunden? Sarah drehte sich zu ihm. »Und jetzt?«

»Was meinst du damit?«

»Na, wie es jetzt gerade ist. Irgendetwas ist mit dir.«

Damit hatte er die Bestätigung, dass seine schauspielerischen Fähigkeiten für Sarah nicht reichten. »Es ist alles in Ordnung.« Sein verzweifelter Versuch quoll dermaßen über von falscher Überzeugung, er hätte sich selbst nicht geglaubt.

Sarah schaute ihm forschend in die Augen, als erwarte

sie, dass dort ein Textband mit einer Antwort durchlief. »Wenn was ist, du kannst jederzeit mit mir reden.« Sie ging weiter. Einfach so. Keine bohrenden Fragen oder Vermutungen, die sie aufstellte. Das nahm ihm etwas von seiner Anspannung.

Er schloss zu ihr auf. Wieder fielen sie ins Schweigen. *Der Sprayer ist nicht das Problem*, schossen Aiden Mr. Wilsons Worte vom Abendessen in den Sinn. *Er bedroht niemanden mit einer Waffe. Er handelt nicht mit Drogen. Er erpresst kein Schutzgeld. Er will nur, dass sich etwas ändert. Genau wie ich.*

Sarahs Vater hatte sich die Haare gerauft. Immer wieder den Kopf geschüttelt. Die Sache ging ihm nah. Aiden auch. Wenn auch aus einem anderen Grund. Sein Herz und sein Verstand stritten sich. Wäre es eine gute Idee, Sarahs Vater mit ins Boot zu holen?

»Ich ...«

»Was denn?«, fragte sie.

Sein Herz gab Aiden einen Ruck. Er vertraute darauf. »Ich weiß, wer für die Kerzen verantwortlich ist.«

»Du?« Kein Vorwurf. Keine Wertung. Eine neutrale Frage. Aiden konnte nicht in Worte fassen, was ihm das für eine Last von den Schultern nahm.

Er schüttelte den Kopf. »Nein. Kannst du mir versprechen, es deinem Vater nicht zu sagen?«

»Natürlich.«

»Es ist mein Bruder. Ich habe heute Morgen eine Schablone in seinem Zimmer gefunden.« Jetzt war es raus.

»Puh«, Sarah blieb stehen. »Okay.« Sie setzte sich auf einen der Poller.

116

Aiden schaute zum Skelett des Schiffes im Trockendock. »Ich kann mir vorstellen, warum er das macht. Mein großer Bruder hat in der Werft gearbeitet. Seit sie geschlossen wurde, hat Calvin sich verändert. Durch den letzten Auftrag hatte man die Hoffnung, dass es weitergeht, aber das war nichts.«

Aiden ging bis zur Kaimauer und schaute ins Wasser. »Der Sohn des alten Besitzers hat eine Werft in Indien eröffnet, kurz bevor hier alles vorbei war. Das ist schon verdächtig. Calvin hat das sehr mitgenommen. Er hat oft gefragt, warum niemand was tut. Warum wir das hinnehmen. Als die Werft schloss, hat es zwei Selbstmorde gegeben und die Zahl der Abhängigen ist gestiegen. Zumindest sagt man das im Viertel. Ob das stimmt, weiß ich nicht.«

»Es stimmt. Die Kriminalität ist seitdem gestiegen. Ich kenne den Werftbesitzer. Sein Enkel geht in meinen Jahrgang. Er ist genau, wie du von uns allen gedacht hast. Ein richtig arroganter Arsch. Er bildet sich ein, jemand Besonderes zu sein, schmeißt ständig Partys und bekommt alles, was er will. Über Steve hat er sich lustig gemacht, weil seine Eltern nur eine Sicherheitsfirma haben. Aus meinem Vater sei auch nichts geworden, weil er das Revier leitet, was die anderen nicht wollten.«

»Macht der Typ dir Stress?« Die Frage hatte aggressiver geklungen, als er gewollt hatte.

»Nein, mich lässt er in Ruhe, seit ich ihm angedroht habe, meinem Vater zu stecken, dass er regelmäßig irgendwelche Drogen nimmt.«

»Drogen, woher weißt du das?«

Sie hob das Kinn. »Das ist mein Geheimnis.«

»Du hast aber nicht auch?«

»Nein!«

Aiden zog den Kopf ein. »Entschuldige, man weiß ja nicht. Mal ausprobiert oder so.«

»Ich hatte Wettkämpfe, da konnten jederzeit Dopingkontrollen kommen, und selbst wenn, würde ich es nicht tun.«

Er hob die Hände. »Ist ja gut. Entschuldige.«

Sarah schaute zur Seite. »Er hat mir welche angeboten.«

»Dir? Bei deinem Vater?«

Sarah nickte.

»Wie kommt der bei dir an der Schule durch? Denken scheint ja nicht seine Stärke zu sein.«

»Noten und Intelligenz sind zwei unterschiedliche Dinge. Auf jeden Fall kann ich mir gut vorstellen, dass die Werft nie gerettet werden sollte. Jeder, der dort gearbeitet hat, hat einen guten Grund sauer zu sein. Hat dein Bruder wieder einen Job gefunden?«

»Ja. Er ist jetzt drüben am Hafen. Es war viel Glück dabei.«

»Gut. Aber was machen wir jetzt mit Calvin?«

»Ich weiß es nicht. Wenn ich Calvin drauf anspreche, blockt er wahrscheinlich ganz. Ich kann verstehen, dass er was ändern will. Jeder weiß, warum diese Gangs entstehen. Jeder. Nur ist es für uns ein Teil der Normalität geworden. Man nimmt es viel zu leichtfertig hin.«

»Er nicht.«

»Nein und der Plan geht auf.«

»Wenn der Bürgermeister nicht so drauf wäre, würde

mein Vater sicher mit Calvin zusammenarbeiten wollen. Vielleicht kannst du trotzdem mal mit ihm reden.«

Aiden starrte auf die Plastikflasche, die von den Bugwellen eines Schiffes in Bewegung gebracht war. »Ich weiß nicht. Was ist, wenn dein Vater noch mehr Druck bekommt und Calvin ausliefert, weil er sich auf andere Dinge konzentrieren will?«

»Das würde er nicht tun. Er versteht auch nicht, was sich der Bürgermeister denkt, welche Strafe der Sprayer aufgebrummt bekommen könnte. Maximal Sachbeschädigung. Das gibt bei unauffälligen Jugendlichen Sozialstunden und bei Calvin könnte es durch die Situation auch noch zu mildernden Umständen kommen.«

Das beruhigte Aiden. Seine Fantasie war, was die Strafen angegangen war, mehr als kreativ gewesen. Aber auch jetzt wollte er nicht, dass sein Bruder verurteilt wurde.

»Sage ich ihm, dass ich mit deinem Vater gesprochen habe, redet er nie wieder mit mir. Ich kenne jetzt beide Seiten, Calvin nicht. Reden bringt da nichts. Er müsste einen Schreck bekommen, damit er aufhört.«

»Und wie willst du das machen? Ihm nachschleichen, dir eine Sturmhaube überziehen und ihn erschrecken?«

Aiden zuckte mit den Schultern. »Das hört sich gar nicht schlecht an.« Er bückte sich und nahm einen Stein in die Hand, der an der Kante der Mauer locker war. Mit voller Wucht warf er ihn ins Wasser. »Das klingt sogar sehr gut.«

»Meinst du wirklich, dass ihn das abhalten würde weiterzumachen? Wie du bisher von ihm erzählt hast, denke ich, er weiß genau, auf was er sich eingelassen hat. Ihm wird klar sein, was ihm blüht, wenn er erwischt wird, und ist bereit, die Konsequenzen zu tragen.« Sarah legte Aiden ihre Hände auf die Schultern. »Schlaf eine Nacht drüber. Oder zwei.«

Er sah zu ihr. »Das hilft?«

Aiden wusste jetzt schon, dass er diese Nacht keinen Schlaf fand, weil er lauschen würde, ob Calvin wieder auf Tour ging.

»Ich würde dir gerne mehr helfen, aber ich weiß nicht, wie, und ich kenne Calvin nicht genug. Ich kann dir nur zuhören.«

»Das ist mehr als genug. Vielen Dank.«

»Melde dich, wenn du reden magst oder mit meinem Vater sprechen möchtest. Ich bin mir sicher, er wird versuchen zu helfen. Von mir erfährt er nichts, da musst du dir keine Sorgen machen.«

Aiden nickte. Die Situation hatte sich nicht gebessert, dennoch war er froh, sich Sarah gegenüber geöffnet zu haben. Es hatten sich mehrere Wege aufgetan, die er jetzt gehen konnte. Er würde sich nur für einen entscheiden müssen.

Kapitel 11

Jill hockte mit Schweißperlen auf der Stirn am Rand des Beckens und sah zufrieden in den sich zunehmend verfärbenden Himmel. Sie hatte es bei ihrem letzten Run geschafft, die Mauer zu bezwingen. Nathaniel wollte auf jeden Fall mit ihr gleichziehen.

Er atmete durch, für einen Versuch hatte er noch Kraft. Zwei Schritte Anlauf und los. Nathaniel sprang von der Kante, landete auf der ersten Stufe, zwei Schritte und abstoßen. Nach mehreren Versuchen war ihm klar geworden, dass es für ihn besser war, die zweite Ebene auszulassen und sofort wieder abzuspringen. Seine Sprungkraft hatte sich in den letzten Monaten deutlich verbessert. Bisher war ihm das nicht aufgefallen.

Er landete knapp hinter der Kante der dritten Stufe, es folgte ein langer Schritt, ein Sprung und Nathaniel stand auf dem Boden des Beckens.

Die Distanz ist gut.

Jetzt die vier Schritte und ein letzter Sprung, in den er alle seine Kraft legen würde. Nathaniels Vorfuß berührte die Wand, er nahm so viel Schwung wie möglich aus der Bewegung mit. Es ging aufwärts. Das erste Mal an dem

Tag erreichten seine Fingerspitzen die Kante.

Nathaniel klammerte sich fester, versuchte, mit den Füßen Halt zu finden, aber seine Kraft reichte nicht mehr. Er ließ los. Das war für einen Tag zu viel gewesen. Zu ausdauernd hatten die beiden trainiert. Mit zitternden Beinen landete Nathaniel auf dem Boden des Beckens und ließ sich auf den Po fallen.

Sofort kam Jill zu ihm. »Nicht enttäuscht sein«, sagte sie und schloss ihn von hinten in die Arme.

»Bin ich nicht. Früher vielleicht.« Nathaniel schaute auf seine Hände. Die Hornhaut an seinen Finger war zurück. »Jetzt nicht mehr. Ich habe gemerkt, wie viel Fortschritte ich in den letzten Monaten gemacht habe. Mehr als in Seattle in den ganzen Jahren. Wenn wir wieder herkommen, schaffe ich es.«

»Das stimmt. Nächstes Mal.«

»Auf jeden Fall.«

Sie blieben einen Moment sitzen, bevor sie aus dem Becken kletterten, ihre Sachen schnappten und sich auf den Heimweg machten. Hand in Hand gingen sie nebeneinanderher. Momente wie dieser ließen es Nathaniel warm ums Herzen werden.

Zeit mit Jill zu verbringen, tat ihm gut. Egal ob beim Training, in der Schule oder angekuschelt auf dem Bett und dabei eine Serie schauend. Hauptsache Zeit mit ihr.

Sie kamen an den Hafen, als Jill abrupt stoppte.

»Was hast du?«, wollte Nathaniel wissen.

Jill hielt sich den Zeigefinger vor den Mund und nickte in Richtung des Kais.

»Aiden und Sarah?«

Sie saßen an der Kaimauer und beobachteten den Sonnenuntergang.

»Lass uns den anderen Weg nehmen«, flüsterte Jill, auch wenn auf die Entfernung nicht die Gefahr bestand, von den beiden gehört zu werden.

»Dann hat er ja noch jemanden gefunden.« Nathaniel schmunzelte.

»Ging schneller als erwartet. Ich freu mich für ihn.«

»Bist du sicher, dass sie zusammen sind? Am Strand haben sie genauso dagesessen.«

»Hm«, Jill kratzte sich am Kinn. »Auch wieder wahr. Blöd, dass ich ihn nicht draufansprechen kann.«

»Zumindest habe ich jetzt kein schlechtes Gewissen mehr, weil wir allein trainiert haben. Wenn Sarah bei ihm war, geht es ihm sicher gut.«

»Glaube ich auch. Trotzdem ärgert es mich, dass ich es ihm nicht unter die Nase reiben kann.«

Kapitel 12

Die Sonne stand tief, als sich Aiden auf dem Heimweg befand. Er und Sarah hatten noch an der Kaimauer gesessen und auf das Wasser geschaut. Beobachtet, wie die Möwen dicht über der Oberfläche flogen und die Hobbysegler vom Meer zurückkehrten. Ihre Hände hatten dabei aufeinandergelegen. Es hätte noch schöner sein können, wenn die Sorge um Calvin den Moment nicht getrübt hätte.

Mit Anbruch der Dämmerung veränderte sich das Viertel. Die Kinder waren in den Häusern und das harmlos bunte Treiben zwischen den Nachbarn verklang. Die Bäume, deren Wurzeln die Bürgersteige anhoben, warfen lange Schatten auf die Straßen. Die Gruppen, die sich an den Straßenecken sammelten, beäugten sich untereinander. Nicht alle von ihnen waren Gangs. Aiden hoffte, dass viele von ihnen nur Jugendliche waren, die sich an einem Samstagabend treffen wollten.

Seine Aufmerksamkeit musste sich auf seine Gedanken und die Umgebung aufteilen. Was schwer war. Zu viel arbeitete in seinem Kopf und so stieß er an der nächsten Straßenecke mit einem Mädchen zusammen.

»Entschuldigung«, murmelte sie.

»Nein, das war … Shelly?«, fragte er.

Sie schaute auf. Ihre Augen waren verweint. Schnell wischte sie sich mit dem Ärmel über das Gesicht und schüttelte die Haare als Schutzschirm davor.

»Hallo Aiden.«

»Wolltest du zu uns?«

»Ich …« Sie wich seinem Blick aus und rieb sich die Arme.

Er ging einen Schritt auf sie zu. »Ist was mit Calvin?«

Die Sekunden verflogen, ohne dass eine Reaktion von Shelly kam. Das Einzige, was sie tat, war, von einem Fuß auf den anderen zu wechseln.

Sie ringt mit sich. Ich glaube, sie will mir was sagen, aber sie traut sich nicht. Aiden überlegte, wie er damit umgehen sollte. Sicher ging ihr das gleiche durch den Kopf wie ihm, als er sich unsicher gewesen war, ob er mit Sarah über alles, was Calvin betraf, sprechen konnte.

»Ich weiß von den Kerzen.«

Ruckartig hob Shelly den Kopf und starrte aus weit aufgerissenen Augen an. »Du weißt es?« Sie hielt sich die Hände vor den Mund. »Er …« Tränen sammelten sich in ihren Augen. »Wir haben uns gestritten. Er …«

Sie wischte sich durch das Gesicht.

»Ist er zu Hause?«, fragte Aiden.

Sie schüttelte den Kopf. »Ich glaube nicht. Ich war gerade da. Es hat niemand aufgemacht.«

»Dann lass uns dahingehen. Ich möchte nicht auf der Straße reden.«

»Okay.«

Aiden war froh, dass seine Mutter Nachtschicht hatte.

Er hätte nicht gewusst, wie er ihr erklären sollte, warum er ein weinendes Mädchen mit heimbrachte.

Im Wohnzimmer schenkte er Shelly ein Glas Wasser ein. Sie starrte darauf und schwieg. Aiden fiel es schwer, dies ebenfalls zu tun, ihr die Zeit zu geben, die sie brauchte, um sich zu sammeln.

»Wir sind seit einem halben Jahr zusammen«, begann sie leise.

»Das dachte ich mir, als du zu uns gekommen warst.«

»Er hat es für besser gehalten, wenn es niemand weiß. Mein Bruder«, Shelly schluckte und rang wieder mit den Tränen.

»Ganz ruhig. Wir haben Zeit«, ging Aiden auf Shelly ein.

»Nein. Die haben wir nicht«, widersprach sie heftig.

Aiden runzelte die Stirn. »Was meinst du damit?«

»Dann ist es vielleicht schon zu spät.« Sie griff nach dem Glas und trank es in einem Zug aus, als wollte sie die Flüssigkeit auffüllen, die sie durch die Tränen verloren hatte.

»Mein älterer Bruder war in einer Gang. Keine von den kleineren, sie war schon größer. Besser organisiert. Sie haben teilweise Drogen verkauft. Calvin wollte nicht, dass ihr davon erfahrt. Er hatte Angst, dass wir uns nicht mehr sehen dürfen.« Sie drehte das Glas in ihren Händen. »Besonders, als du Nathaniel kennengelernt hast.«

»Du sagtest, er war in einer Gang? Was ist passiert?«

»Ein Streetworker hat ihn angesprochen, mehrfach, über zwei Monate und ihn zu einem Aussteigerprogramm bewegen können.« Sie stellte das Glas weg und vergrub das

Gesicht in den Händen. »Gangs mögen es nicht, wenn man austritt.«

»Ist er ...«, begann Aiden und brauchte seinen Satz nicht beenden.

Shelly nickte. »Ein paar Tage, nachdem er mit dem Programm angefangen hatte. Es ging darum, seinen Schulabschluss nachzumachen. Er war auf dem Weg zu der Einrichtung, da haben sie ihn überfallen und ...« Sie schloss die Augen. »Sie haben auf ihn eingeprügelt, bis die Polizei aufgetaucht ist. Er ist im Krankenhaus verstorben.«

»Das tut mir leid.« Er wünschte, ihm würde etwas Besseres einfallen.

»Calvin war jeden Tag bei mir. Ich war zu fertig für die Schule und er hat mir alles nach Hause gebracht, damit ich nicht zu viel verpasse. Er hat mir den Stoff erklärt, mich getröstet und war für mich da.«

»Hat ihn das dazu gebracht, mit den Kerzen anzufangen?«

»Ja. Die Polizei hat ermittelt. Mein Bruder war nicht mehr in der Lage etwas zu sagen, bevor er starb. Zeugen konnten sich an keine Gesichter erinnern, Videoaufnahmen gab es nicht. Man wusste zwar, wer zu den Gangs gehört, aber die haben sich alle gegenseitige Alibis gegeben. Das Verfahren wurde eingestellt.«

»Eingestellt! Sie haben deinen Bruder ermordet und das Verfahren wurde eingestellt?«

»So hat Calvin auch reagiert. Er war sauer und hat gesagt, dass er jetzt was unternehmen wird. Dann kam er mit den Kerzen an. Sein Plan war erst, die Gangzeichen zu übermalen, da habe ich nichts gegen sagen können.

127

Auch wenn ich total Angst um ihn hatte. Er war nachts unterwegs und ich will nicht daran denken, was passiert wäre, wenn eine Gang ihn dabei erwischt hätte. Lieber die Polizei als eine Gang. Ich habe überlegt, der Polizei selbst einen Tipp zu geben, um ihn zu schützen.«

»Ich verstehe. Und was hat er jetzt vor, wenn du schon sagst, dass wir nicht mehr viel Zeit haben?«

»Oh, ja.« Sie richtete sich auf. »Nachdem der Artikel in der Zeitung war, war er sich sicher, dass er auf dem richtigen Weg ist. Er will jetzt auf den Klippen an Hauswänden weitermachen, weil er glaubt, da mehr Aufmerksamkeit zu bekommen.«

Aiden ließ sich gegen die Lehne fallen und fuhr sich durch die Haare. »Auf den Klippen? Das ist Wahnsinn, die haben da sicher Kameras.«

»Das habe ich ihm auch gesagt.«

»Und er hat nicht gehört.«

»Nein. Er hat gefragt, ob mein Bruder mir jetzt nicht mehr wichtig ist. Er gibt denen auf den Klippen Mitschuld für seinen Tod.«

»Dass dein Bruder tot ist, ist erst einmal Schuld der Gang. Die haben ihn umgebracht.«

»Ich weiß.«

»Die Polizei ist auf den Sprayer der Kerzen angesetzt. Es gefällt dem Bürgermeister nicht, dass auf die Probleme deutlich aufmerksam gemacht wird.«

Shelly blinzelte verwirrt. »Woher weißt du das?«

»Der Vater einer Freundin leitet das Polizeirevier bei uns im Viertel. Durch ihn habe ich die Kerzen erst bewusst wahrgenommen. Die Polizei findet die Aktion gut. Sie hätten mit ihm zusammenarbeiten wollen.«

»Calvin hat sich darauf beschränkt auf die zugenagelten Fenster zu sprühen, die wegkommen, wenn die Wohnungen vermietet werden. Er will nichts Böses.«

»Er hat Rücksicht genommen, um sein Ziel zu erreichen und sich nur selbst in Gefahr gebracht. Was er jetzt vorhat, geht nicht.«

Aiden zog sein Handy aus der Tasche.

»Willst du Calvin anrufen? Vergiss es, er hat das Handy aus.«

»Nein.« Aiden wählte Sarahs Nummer. »Mr. Wilson. Den Vater meiner Freundin.«

Aiden brauchte Hilfe und er sah keinen anderen Weg, welche zu bekommen. Er hatte heute schon einmal auf sein Herz vertraut. Jetzt musste er erneut darauf hoffen, dass es die richtige Entscheidung war.

Kapitel 13

Mr. Wilson schaute abwechselnd zwischen Aiden und Shelly hin und her. Er saß auf dem Fußhocker des Fernsehsessels. Das Wasser im Glas, das er in der Hand hielt, war ruhig. Im Gegensatz zu Sarah, die auf dem Fußboden neben ihrem Vater im Schneidersitz saß und die Katze streichelte. Der Stubentiger war zu ihr auf den Schoß gesprungen, als ihre Hände bei Aidens und Shellys Erzählung zittrig geworden waren.

»Also gut.« Mr. Wilson lehnte sich nach vorne und stützte seine Arme auf den Oberschenkeln ab. »Also gut«, wiederholte er.

Was ist gut?, dachte Aiden.

»Es war die richtige Entscheidung, dass ihr zu mir gekommen seid«, sagte Mr. Wilson.

Nur inwiefern? Was bedeutete das jetzt für Calvin?

»Shelly, wann sagtest du, wollte er anfangen?«

»Wenn alle schlafen. Keine bestimmte Uhrzeit.«

Mr. Wilson schaute auf die Uhr an der Wand über dem Fernseher. »Kurz nach acht. Da wird uns noch Zeit bleiben.« Er seufzte. »Die Gegend hier ist außerhalb meines Zuständigkeitsbereiches und ich möchte, dass wir es ohne die hiesigen Kollegen regeln. Wir werden Calvin suchen und hoffentlich erwischen, bevor etwas passiert. Aiden, Sarah, ich brauche eure Hilfe. Allein kann ich das Viertel nicht ablaufen.«

»Vielleicht müssen wir das auch nicht«, überlegte Sarah und streichelte dabei weiter über den Rücken der Katze. »Was meinst du damit?«, wollte ihr Vater wissen. »Was ist mit den Lanes? Ich könnte mir vorstellen, dass er dort ist.«

»Die Besitzer der Werft«, murmelte Aiden und warf einen kurzen Blick zu Shelly, die ihm zunickte. »Das könnte sein.«

»Hat er Verbindungen zu ihnen?«, fragte Mr. Wilson.

»Unser großer Bruder hat dort gearbeitet«, antwortete Aiden.

»Das ergibt Sinn. Die Schließung hat die Situation in den alten Vierteln massiv verschlechtert.« Mr. Wilson sah mit einem sanften Lächeln zu Aiden. »Ich glaube nicht, dass dein Bruder eine Karriere als Schwerverbrecher vor sich hat. Oder dass er irgendjemandem schaden will.«

»Nein!«, bestätigte Shelly. »Er will nur etwas tun, um ...«

»Und wir werden dafür sorgen, dass er das kann. Auf einem anderen Weg. Aiden, du kommst mit mir. Wir gehen zu den Lanes und warten dort. Sarah?«

»Bin bereit.« Sarah ballte entschlossen die Fäuste.

»Da wir nur einen Zugang zu den Klippen haben, muss er von dort kommen. Ich möchte, dass du das im Auge behältst. Nimm dir das Auto von deiner Mutter und stell dich damit auf den Parkplatz bei der Bushaltestelle.«

»Mache ich.«

»Und was ist mit mir?«, fragte Shelly.

Mr. Wilson musterte sie. »Ich bin mir unsicher, ob es gut ist, wenn du mitkommst. Es wäre mir lieber, dass du hier wartest.«

»Sie kann mit mir mitkommen«, bot Sarah an. »Ich kenne Calvin nur von Fotos. Shelly würde ihn sicher besser erkennen.«

»Nun«, Mr. Wilson rieb sich das Kinn und nickte, »das stimmt. Aber eines sage ich euch gleich: Keine Alleingänge! Ihr sagt uns nur Bescheid, wenn ihr ihn seht. Hast du verstanden?«

»Jawohl, Chef!«

Mr. Wilson stand auf und schaute einmal in die Runde. »Macht euch bereit, wir gehen los.«

Nie in seinem Leben war Aiden dermaßen übel gewesen als jetzt. Nicht einmal, nachdem er mit Nathaniel getrunken und tagelang den Spott von Jill hatte aushalten müssen. Er wünschte sich nichts mehr, als Calvin zu helfen. Nur welchen Preis würde er zahlen müssen? Und was bedeutete es für Shelly?

**

»Bisschen mehr als sozialen Wohnungsbau«, raunte Aiden, als er mit Mr. Wilson ein paar Grundstücke von dem der Lanes entfernt parkte. Die meisten Häuser auf den Klippen waren Bungalows, die nicht Gefahr liefen, dass der kräftige Wind des Pazifiks das Dach wegwehte.

Das zweistöckige Haus der Lanes bildete eine der wenigen Ausnahmen. Es hatte ein Spitzdach mit einer angeschlossenen Dachterrasse, auf der sich mehrere Pflanzenkübel befanden. Darunter war ein Grillplatz mit einer ausladenden Sitzecke und Hollywoodschaukel. Zwei Garagen standen neben dem Haus, ein Pool im Garten auf der anderen Seite.

»Es geht ihnen nicht schlecht«, sagte Mr. Wilson.

Aiden unterdrückte ein abfälliges Schnauben. »Dafür, dass der Alte mit der Werft insolvent ist.«

»Das Haus gehört dem jungen Lane. Sein Vater hat es ihm schon lange vor der Schließung der Werft überschrieben. Er wohnt in der oberen Etage.«

»Gar nicht auffällig.«

»Zu dem Zeitpunkt lief es mit der Werft gut. Dass sein Sohn da schon ein Unternehmen in Indien gestartet hatte, wusste niemand. Das läuft auch nicht direkt über seinen Namen.«

»Dürfen Sie mir das überhaupt sagen? Ist das kein Dienstgeheimnis?«

Mr. Wilson lachte. »Keine Sorge, das weiß jeder hier auf den Klippen. Besonders beliebt sind die Lanes nicht. Die Schließung der Werft hat auch hier ihre Spuren hinterlassen. Da hing viel mehr dran als nur der Bau eines Schiffes. Zulieferer, Logistik, IT und mehr.« Er seufzte. »Indien ist deutlich billiger. Zumindest auf dem Papier. Unter welchen Umständen dort produziert wird, müssen wir nicht besprechen.«

Ein junger Mann kam aus dem Haus. Eines der Garagentore öffnete sich, kurz darauf erhellte Scheinwerferlicht die Einfahrt.

»Ach, der Sohnemann fliegt aus. Könnte Arbeit für die

Kollegen geben.« Mr. Wilson lehnte den Kopf an den Sitz. »Zum Glück ist das nicht mein Problem. Bevor ich mich mit Mr. Lane rumschlage, kümmere ich mich lieber um die Gangs.«

Aiden drehte seinen Kopf überrascht zu Mr. Wilson. »Wirklich?«

»Oh ja. Die haben keine Armee aus Anwälten hinter sich, die einem ständig in die Ermittlungen reinspringen.«

»Ist das auch kein Dienstgeheimnis?«

»Nein. Eine Party ist dermaßen aus dem Ruder gelaufen, dass die Polizei ausrücken musste. Das hat sich rumgesprochen. Bei den Lanes darf der Sohn machen, was er will. Ich wünschte, sie hätten nur ein Zehntel von der Strenge, die Nathaniels Vater hatte. Dann wäre schon viel getan. Sie denken, mit Geld lässt sich alles regeln.« Wieder ein Seufzer, diesmal genervt und weniger verzweifelt. »Meist kommen sie damit durch.«

Aiden spürte, dass sich eine Gänsehaut auf seinen Armen bildete. Ihm war klar, was das für seinen Bruder bedeutete. Seine ganze Hoffnung lag darin, dass Calvin über Shellys Worte nachgedacht hatte und zu Hause war.

Mr. Wilson warf einen Blick auf das Handy. »Sarah schreibt, dass der letzte Bus für heute leer war.«

»Dann hat er es sich vielleicht anders überlegt.«

»Oder er ist schon lange hier.«

Die Zeit verging. Sie hatten ihre Blicke durchgehend auf das Grundstück der Lanes gerichtet. Zwischendrin stimmte Mr. Wilson zu, dass Sarah und Shelly eine Runde mit dem Auto durch die Straßen drehten. Ohne Erfolg.

Im oberen Stock gingen die Lichter aus. Es war kurz vor

Mitternacht. Wenig später wurde es auch im Erdgeschoss dunkel.

Mr. Wilson lehnte sich auf die Beifahrerseite und nahm ein Fernglas aus dem Handschuhfach. »Mit Nachtsicht«, erklärte und schaute hindurch.

Das sieht mir nach Polizeiausrüstung aus. »Alles ruhig.« Langsam bewegte er das Gerät. »Halt, da bewegt sich was.«

Mr. Wilson gab das Fernglas weiter.

»Das ist er«, bestätigte Aiden.

Calvin kam aus dem Zwischenraum von Garage und dem Zaun zum Nachbargrundstück hervor. Sie standen seit drei Stunden hier. Wie lange hatte er dort ausgeharrt? Aiden verfolgte, wie sein Bruder geduckt über den Vorplatz schlich, unter die Dachterrasse.

»Er setzt den Rucksack ab und schaut sich um.« Aiden senkte das Fernglas. Er hatte sich gewünscht, dass dieser Moment nicht eintrat.

»Ich weiß nicht, ob ich ihn als mutig oder leichtsinnig ansehen soll. Klar will er, dass es hinterher alle sehen können, auch von der Straße, aber so können ihn auch alle sehen.«

»Was jetzt?«, fragte Aiden. Die Ruhe, die Mr. Wilson ausstrahlte, ging nicht auf ihn über. Er wäre am liebsten sofort aus dem Wagen gesprungen und hätte Calvin aufgehalten.

»Ich gehe«, Mr. Wilson legte die Hand an den Türgriff. »Wenn er abhaut, zähle ich auf deine Unterstützung.«

Aiden schluckte und nickte. Calvin würde abhauen. Da machte er sich keine Illusion.

Es muss sein. Auch wenn er danach nicht mehr mit mir spricht.

»Das wird schon, keine Sorge«, sagte Mr. Wilson, als er den Wagen verließ.

Aiden hatte da seine Zweifel. Mr. Wilson ging auf das Haus zu und blieb dann am Zaun stehen. Calvin drehte sich um.

Adrenalin schoss durch Aidens Adern, als sein Bruder die Flucht ergriff. Calvin rannte zum Zaun, warf seinen Rucksack auf das Nachbargrundstück und sprang selbst darüber. Mr. Wilson lief auf der Straße hinterher.

Aiden riss die Autotür auf und schloss zu Mr. Wilson auf. »Ich übernehme das«, sagte er.

»Sicher?«

»Ja.« Sarahs Vater hatte schon genug getan. Allein, dass er Calvin nicht verurteilte, sondern unterstützte. Er sollte nicht noch tiefer in die Sache hineingezogen werden, um am Ende Probleme mit seinem Chef zu bekommen.

Mr. Wilson ließ sich zurückfallen. Zwei Grundstücke weiter sprang Calvin in dem Moment über einen niedrigen Zaun zurück auf die Straße.

Er schaute in Aidens Richtung und hielt für den Bruchteil einer Sekunde inne.

Hat er mich erkannt?

Calvin nahm die Flucht wieder auf. Aiden rannte ihm nach. Sein Bruder war zwar nicht unsportlich, aber Aiden holte rasch auf. Sie rannten an den Bungalows vorbei, bei einigen ging das Licht von Bewegungsmeldern an, als sie zu nah an den Einfahrten waren. Aiden schätzte seinen Abstand zu Calvin über die Straßenlaternen ab. Waren am

Anfang noch drei zwischen ihnen gewesen, war er jetzt bis auf eine herangekommen.

Plötzlich bog Calvin auf ein Grundstück ab, das komplett im Dunkeln lag. Er quetschte sich durch den Spalt, denn das drei Meter hohe Eisentor stand offen und verschwand hinter das Gebäude im Garten. Aiden wurde langsamer. Er kannte das Haus. Es gehörte Nathaniels Vater und der hatte dafür gesorgt, dass es von allen Seiten mit blickdichten Zäunen versehen war.

Aiden zwängte sich durch den Spalt, zog das Tor hinter sich zu und klappte in der Führungsschiene am Boden einen kleinen Hebel um. Damit saß Calvin in der Falle. Wer nichts von der Sperre in der Schiene wusste, bekam das Tor mit Muskelkraft nicht auf.

Aiden stellte sich in den Hauseingang. Jetzt musste er nur noch warten. Er schrieb Mr. Wilson eine Nachricht, wo er sich befand und dass er bitte dazukommen sollte. Die kurze Atempause ließ Aidens Gedanken wieder hochfahren. Während der Verfolgungsjagd war sein Verstand still gewesen. Jetzt stellte er sich vor allem eine Frage: Wie sehr würde Calvin sich wehren? Aiden wollte ihn nicht verletzen. Am liebsten wäre es ihm, wenn sein Bruder freiwillig mitkäme. Aber das war Wunschdenken.

Komm schon, Calvin. Zögere es nicht raus. Lass uns das beenden.

Aiden sah zum Tor. Hatte Calvin inzwischen mitbekommen, dass es keinen Fluchtweg gab? Das Tor hatte keinen Ton von sich gegeben, als er es geschlossen hatte. Aiden drückte den Rücken gegen die Tür, damit er ganz im Hauseingang verschwand. Einatmen. Ausatmen. Jetzt nur kein

Geräusch machen. Calvin sollte davon ausgehen, dass er seinen Verfolger abgeschüttelt hatte.

Eine Wolke zog vor den Mond. In einem der Nachbargärten plätscherte ein Brunnen. Warum stellte man den in der Nacht nicht aus? Kostete nur Strom und vom Plätschern musste man ständig aufs Klo.

Schritte kamen von links. Zusammen mit einem Klappern. Dann wieder Stille.

Calvin!

Wieder Schritte. Calvin betrat den Garagenhof. Er schaute nicht zurück. Wie konnte er so unvorsichtig sein? War er das auch gewesen, als er die Kerzen gesprüht hatte? Wenn ja, war es erst recht Zeit ihn aufzuhalten, bevor das Glück, nicht gesehen zu werden, ihn verließ.

Aiden machte einen Schritt nach vorn, dann noch einen. Er hatte nicht geglaubt, sein Herz könne noch schneller schlagen als in Sarahs Nähe. Es bewies ihm eindrucksvoll, dass es ging.

Sorry, es muss sein. Ein kurzer Spurt. Er packte Calvin von hinten unter die Arme. »Hier ist Endstation.«

Für einen Wimpernschlag gab Calvin bei seiner Gegenwehr nach, weckte damit kurzzeitig Hoffnung in Aiden, er wolle aufgeben.

»Du verdammter Verräter!«, rief Calvin und wehrte sich umso kräftiger.

»Ich will dir nur helfen.«

»Dann lass mich los.« Calvin drehte sich hin und her, worauf Aiden den Kontakt zu seinem rechten Arm verlor. Calvin nutzte das sofort aus. Er hängte sich mit seinem ganzen Gewicht in den anderen Arm.

»Gib auf, du bringst dich nur in Schwierigkeiten.«

»Du hast überhaupt keine Ahnung.«

»Ich weiß, warum du das machst.« Calvins Bemühungen, sich mit ruckartigen Bewegungen zu befreien, ließen nach. Ob aus Einsicht oder weil ihm die Kraft ausging, konnte Aiden in Calvins Blick nicht erkennen.

»Tust du nicht. Du bist nur noch mit …«

»Shelly«, sagte Aiden leise und erstickte damit jedes weitere Wort von Calvin.

Sein Bruder wurde ruhig. Er zog die Augenbrauen zusammen. »Was ist mit ihr?«

»Sie wollte zu dir und du warst nicht da. Sie hat mir alles erzählt.«

»Und dann sind die beiden zu mir gekommen.« Mr. Wilson stand auf der anderen Seite des Zaunes.

Calvin kannte ihn. Jeder in den Alten Vierteln kannte den Chef des Polizeireviers. Um der schwierigen Lage Herr zu werden, hatte Sarahs Vater darauf gesetzt Präsenz zu zeigen, um das Vertrauen der Bürger zu gewinnen. Viel Mithilfe hatte ihm das aber nicht gebracht.

Calvin schaute zwischen Aiden, der ihn noch am Arm festhielt, und Mr. Wilson hin und her. »Was ist los mit dir?«, schrie er Aiden an. »Du weißt genau, was alles abgeht und rennst zu ihm!« Calvin deutete mit dem Kopf in die Richtung Mr. Wilson.

»Ja, ich weiß mehr, als du denkst, und ich will nicht, dass du in den Knast wanderst.«

»Ach, und deswegen gehst du zu den Bullen.«

Aiden hoffte, dass Mr. Wilson Calvin den Ausdruck verzieh. »Ich will nicht, dass du endest wie Shellys Bruder.«

»Das traust du mir zu?«, schnauzte Calvin ihn an. »Du denkst, ich würde in eine Gang ...«

»Nein. Nicht eine Gang. Sondern tot. Glaubst du, ich hätte Lust, dich auf dem Friedhof zu besuchen?«

»Kannst es ja lassen. Bist doch eh lieber mit den Typen von hier unterwegs.«

Das hatte gesessen. Aiden ließ ihn los. »Denkst du, wenn es mir egal wäre, wäre ich hier?«

»So kannst du dich mit denen gut stellen.« Wieder eine Kopfbewegung zu Sarahs Vater.

»Junger Mann«, Mr. Wilson ging in die Hocke und legte den kleinen Hebel um. Dann öffnete er das Tor und ging ohne Hektik auf Calvin zu. »Du bist wütend. Das kann ich verstehen.«

»Gar nichts verstehen Sie. Nichts!«

»Dann erzähl es mir. Bei uns zu Hause. Shelly ist dort. Sie wartet mit meiner Tochter zusammen auf dich und ich kann dir sagen, dass sie große Angst um dich hat.«

»Shelly«, Calvin sah kurz zu Boden. Sein ganzer Körper stand unter Spannung, die Schultern hochgezogen, bereit zur Flucht und zum Kampf. Was auch immer notwendig sein würde.

Wenn du es nicht für dich machst, dann tue es Shelly zuliebe. Sie hat genug durchgemacht, dachte Aiden.

Calvin war kein schlechter Mensch. Er war wütend, verzweifelt, hilflos und mit dem überfordert, was er mit Shelly durchgestanden hatte.

»Ich weiß, dass du helfen willst«, fügte Mr. Wilson hinzu. »Aber denk auch an dich.«

»Es denken alle immer nur an sich. Alle!«

»Wenn ich nur an mich denken würde, hätte ich dich jetzt einfach verhaftet und meinen Kollegen hier im Revier Bescheid gegeben. Wir suchen nach dem Sprayer, der die Kerzen im Viertel verteilt hat. Aber ich tue es nicht. Ich will mit dir reden und eine bessere Lösung finden, etwas zu tun.«

Calvin musterte Mr. Wilson. Aiden hätte gerne gewusst, was jetzt in seinem Bruder vor sich ging. Überlegte er, ob er die Flucht ergreifen sollte?

»Ich komme mit.« Überzeugt klang Calvin nicht, eher gezwungen. Aiden ging davon aus, dass die Gedanken seines Bruders in diesem Moment allein Shelly galten.

Kapitel 14

Sarah und Shelly saßen zusammen auf der Couch im Wohnzimmer, als Aiden mit seinem Bruder und Mr. Wilson eintraf.

»Calvin!« Shelly sprang auf und wollte auf Calvin zulaufen, aber er sah sie nur mit einem kühlen Blick an und verschränkte die Arme.

»Schön, dass du mir in den Rücken fällst.«

Shelly stoppte und ging ein paar Schritte zurück.

Also doch keine Einsicht, dachte Aiden zerknirscht.

Sarah stellte sich an Shellys Seite. »Sie ist dir nicht in den Rücken gefallen. Sie wollte dich nur ...«

»Halt du dich da raus.«

Es kostete Aiden all seine Beherrschung, Calvin nicht in die Mangel zu nehmen. »Nicht in dem Ton zu den beiden, klar?«, sagte er mit aller Zurückhaltung, die er aufbringen konnte. Seine Stimme vibrierte vor unterdrückter Wut.

»Du bist nicht Dad«, herrschte Calvin ihn an.

Eindeutig keine Einsicht.

»Was hast du von Shelly erwartet?«, fragte Sarah und nahm die Hand des Mädchens. »Dass sie alles still schluckt?«

»Du solltest dich raushalten. Jemand wie du hat keine

Ahnung.«

»Calvin!«, ermahnte Aiden seinen Bruder für den abfälligen Ton Sarah gegenüber.

»Die hat dich gut im Griff.«

Aiden zog die Augenbrauen zusammen. »Nichts hat sie.«

»Hör auf, abzulenken!«, erstickte Shelly den aufkeimenden Streit der Brüder. »Du bist hier, weil du kurz davor warst, richtig Scheiße zu bauen.«

»Du weißt, warum ich das tue. Anders bekommen wir nie Aufmerksamkeit.«

Shelly trat Calvin entgegen. »Ja, es ist sicher voll die tolle Aufmerksamkeit, wenn in der Zeitung steht, dass jemand aus den Alten Viertel hier die Wände ansprüht.«

Sie starrten einander an, sodass man zwischen ihnen die Funken sprühen sehen konnte. Nur keine der guten Art.

»Die sind doch selber Schuld! Die haben angefangen. Die haben alles kaputt gemacht mit ihrer Gier.«

»Egal, ob es stimmt, die werden nur sehen, was du gemacht hast. Nach dem Warum fragt niemand.«

Aiden schaute zu Mr. Wilson. Dieser stand in der Tür und beobachtete die Situation mit einem ausdruckslosen Gesicht.

»Shelly hat recht«, mischte sich Sarah ein.

»Halte dich ...«

»Nein.« Sie baute sich vor Calvin auf. »Du hast recht, ich kenne dich nicht. Aber ich kenne die Lanes und ich will nicht, dass die sich als Opfer vor der Presse aufspielen können.«

»Opfer?«, fragte Calvin mit leichtem Spott in der Stimme.

»Genau das werden sie. Sie haben die ganze Zeit gesagt, wie schlimm es für sie ist, dass sie die Werft schließen müssen.«

Calvin schnaubte. »Als ob.«

»Natürlich war denen das egal.« Sarah hielt kurz inne, schaute zu ihrem Vater, der ihr mit einem leichten Nicken seine Unterstützung zusicherte. »Was willst du mal werden?«

Calvin runzelte die Stirn bei dem plötzlichen Themawechsel. »Was?«

»Was willst du werden?«, wiederholte Mr. Wilson Sarahs Frage und verließ seine Position im Hintergrund des Geschehens. »Und glaubst du, dass du eine Chance darauf hast, wenn du schon einen Eintrag hast?«

»Das kann Ihnen egal sein.«

»Könnte«, Mr. Wilson lächelte, »ist es aber nicht.«

Calvin lachte voller Hohn. »Klar doch. Kommt jetzt guter und böser Bulle?«

»Du kannst dem Guten ja mal zuhören«, schlug Mr. Wilson vor.

»Und warum sollte ich? Für Sie ist ja schon alles klar.«

Mr. Wilson neigte leicht den Kopf. »Was ist für mich klar?«

»Ich bin ein Sprayer.«

»Das stimmt und du hast heute Hausfriedensbruch begangen. Wenn ich mir den Inhalt deines Rucksacks anschauen würde, könnte ich etwas gegen dich unternehmen. Nur bin ich gerade nicht im Dienst und passiert ist auf dem Grundstück der Lanes nichts.«

»Und jetzt?«, fragte Calvin.

»Ich kann mich an den Fall von Shellys Bruder erinnern. Sehr gut sogar. Ich habe mich gefragt, warum ich diesen Job mache.«

Shelly schloss die Augen. Sarah drückte ihre Hand.

»Für uns auf dem Revier war der Fall klar. Die Indizien sprachen eine deutliche Sprache und der Prozess war für uns nur eine Formsache. Der Freispruch hat uns alle getroffen.«

»Sie können viel erzählen.«

»Da hast du recht. Ich kann dir wirklich viel erzählen. Zum Beispiel, wie ich einer Familie sagen musste, dass ihr Sohn, der kaum älter war als meine Tochter, in einer Auseinandersetzung mit einer anderen Gang, krankenhausreif geprügelt wurde. Oder das junge Mädchen, das wir zugedröhnt an einer Bushaltestelle aufgesammelt haben, welches hinterher im Krankenhaus an der Überdosis gestorben ist. Ich könnte dir von der Mutter erzählen, die aus Verzweiflung Essen im Supermarkt gestohlen hat, weil sie nicht wusste, wie sie ihre Kinder satt bekommt. Oder die Schüler, die wir regelmäßig beim Schwänzen erwischen, in die Schule bringen und genau wissen, dass sie am nächsten Tag auch nicht hingehen werden, weil sie keinen Sinn mehr darin sehen. Weil sie aufgegeben haben. Und das ist nur ein Bruchteil von dem, was ich in den letzten Jahren täglich erlebt habe.«

Calvin schwieg.

»In den letzten fünf Jahren haben zehn meiner Leute einen Antrag auf Versetzung eingereicht. Nicht weil sie den Job schmeißen wollen, nein, weil sie diesen Kampf gegen die Windmühlen nicht mehr ertragen. Andere werden abgezogen. Wir sehen euch, Calvin. Wir sehen, was los ist. Jeden Tag. Wie voll die Schule ist, wie jeden Tag Familien in die Sozialeinrichtungen für ein warmes Essen kommen.« Er atmete durch. »Wir sehen das. Jeden verdammten Tag.«

Calvin musterte Mr. Wilson. »Und warum tut niemand was? Wieso bekommen Sie keine neuen Leute?«

»Als die Kerzen auftauchten, hat uns das gefreut. Kurz darauf bekam ich einen Anruf vom Bürgermeister. Er will, dass wir diesen Sprayer fassen. Das wäre negative Werbung für die Stadt. So groß sei das Problem nicht und müsste nicht künstlich aufgebläht werden.«

»So groß ist es nicht?«, rief Calvin.

»Er will die Sache mit den Kerzen notfalls zur Chefsache machen. Das zeigt, du hast was bewirkt. Aber jetzt wird es Zeit unterzutauchen.«

»Untertauchen?«

An diesem Punkt, an dem die Einsicht, wie die erste Pflanze nach dem Winter ihren Kopf aus der Erde steckte, lag jetzt wieder eine dicke Schneeschicht.

»Ich werde ganz sicher nicht aufhören. So einfach haben Sie sich das vorgestellt? Ein paar Geschichten und dann-«.

»Es geht darum, dass du einen anderen Weg findest, die Kerzen zu verteilen. So, dass man dir nichts anhängen kann«, fiel Sarah ihm schnell ins Wort.

Calvin drehte sich zu ihr. »Ein anderer Weg?«

»Ja«, antwortete Sarah bestimmt und sah zu Shelly. »Ich glaube, du kannst jetzt.«

Shelly nickte. »Als wir auf dich gewartet haben, haben wir uns die Kommentare auf Instagram durchgelesen. Du hast Zustimmung bekommen. Viel Zustimmung. Was würdest du davon halten, wenn wir unsere Direktorin fragen, ob wir Bilder der Kerzen ins Fenster hängen können? In der Schule. Nicht nur mit Todesdaten, sondern auch mit anderen Sachen. Es heißt Kerze der Sichtbarkeit. Machen wir alles sichtbar.«

»Ich würde euch helfen. Meine Schwester hat eine Walze für Linoldruck im Keller. Statt die Bilder auszudrucken, könnten wir Kunst daraus machen. Du bist Künstler, also mach Kunst! Die Menschen können sich an der Schule Bilder abholen und sich ins Fenster hängen. Vielleicht könnte man eine Ausstellung machen. Es gibt sicher Möglichkeiten, gemeinsam können wir viel erreichen.«

Calvin blinzelte. »Du willst uns helfen?«

»Ja«, antwortete Sarah voller Entschlossenheit. Das kämpferische Funkeln in ihren Augen ließ Aidens Herz für einen Moment taumeln.

»Warum?«

»Na ja, vielleicht weil ich nicht die arrogante Zicke bin, für die du mich hältst.«

»Calvin, wir werden dir alle helfen. Aber hör auf mit dem Mist«, bat Aiden.

»Du hast eine Lawine ausgelöst und jetzt musst du sehen, dass sie dich nicht überrollt. Lass dir helfen«, stimmte Mr. Wilson zu. »Ihr könnt das gerne hier im Garten machen. Da ich mit meinen Leuten auf dich angesetzt bin, kann ich dienstlich nicht viel tun. Aber wenn es hilft, bin ich bereit, die Farben und Materialien zu besorgen.«

»Bringen Sie sich damit nicht auch in Gefahr?«, fragte Calvin.

»Wieso? Erstmal ist das hier mein Privatleben. Außerdem, nur weil ihr auf den Zug aufspringt, heißt das nicht, dass ich weiß, wer der Sprayer ist. Ich soll ihn jagen. Das mache ich. Wenn der nicht wieder auftaucht, ist die Sache für mich erledigt.«

Aiden hatte seine Zweifel, ob Mr. Wilson sich damit wirklich nicht in eine schwierige Situation bringen konnte. Vielleicht war es purer Trotz, geboren aus Unzufriedenheit, dass er jetzt die Sache auf anderem Wege in die Hand nehmen wollte. Motiviert durch den Mut eines Teenagers.

Shelly nahm Calvins Hände. »Wir sind alle für dich da. Du musst das nicht allein machen. Aber bitte keine solchen Aktionen mehr, ja? Ich will dich nicht auch noch verlieren.«

Calvin schloss die Augen und schwieg. Für Aiden endlose Sekunden, bis er endlich nickte. »In Ordnung. Versuchen wir es.«

»Nathaniel ist sicher auch dabei. Wenn er Seattle aufgemischt hat, wird Port Cliff kein Problem für ihn sein.«

Sarah lachte bei Aidens Anspielung. »Das kann ich mir gut vorstellen.«

»Aufgemischt?«, fragte Calvin.

Aiden verschränkte die Arme. »Das fragst du ihn besser selbst. Oder du suchst nach seinem Namen im Internet.«

Verwirrt schaute Calvin zwischen Aiden und Sarah hin und her. »Okay?«

»Es freut mich, dass es so ausgegangen ist«, sagte Mr. Wilson. »Und jetzt solltet ihr alle nach Hause. Ich fahre euch und in den nächsten Tagen macht ihr euch Gedanken, wie es weitergehen soll. Auf meine Unterstützung könnt ihr euch verlassen.« Er rieb sich kurz das Kinn. »Ich wünschte, ich könnte das Gesicht des Bürgermeisters sehen, wenn ihr Erfolg habt.«

»Dürfen Sie überhaupt parteiisch sein?«, wollte Aiden wissen.

»Ich bin nicht im Dienst. Außerdem habe ich, wie jeder Wähler, eine Stimme und die gebe ich dem Kandidaten, der sich für alle in der Stadt einsetzt.« Er nahm den Autoschlüssel aus der Hosentasche. »Jetzt geht es für euch aber erst einmal nach Hause. Es ist viel passiert und schon spät. Los, alle zum Auto.«

Kapitel 15

Aidens Körper war müde, aber sein Kopf ließ ihn nicht schlafen. Er drehte sich. Zog die Decke hoch, schob sie runter. Drehte sich wieder.

Die Sache mit Calvin war gut ausgegangen. Erst einmal. Aiden hegte Zweifel an dem Frieden und schwor sich, seinen Bruder im Auge zu behalten. Dass Calvin sich seiner Familie, was Shelly betraf, nicht anvertraut hatte, schmerzte. Er war der Meinung gewesen, sie seien durch alle Schwierigkeiten gekommen, weil sie einen guten Zusammenhalt hatten. Dieser Eindruck bröckelte.

Aiden setzte sich auf und zog die Beine an den Körper. Er konnte Calvin auf der einen Seite verstehen. Welche Eltern hätten schon gerne, dass das eigene Kind Kontakt in die Gangszene hatte? Egal, ob direkt oder indirekt über andere. Shelly war, soweit Aiden es beurteilen konnte, in Ordnung. Ihr Bruder hatte die Notbremse ziehen wollen. Wären sie da nicht alle nachsichtig gewesen?

Er legte die Stirn auf den Knien ab. Seufzte und krallte seine Finger ins Lacken. Es war schwer, seine Reaktion zu rekonstruieren. Er dachte an seine Vorurteile, die er Nathaniel gegenüber gehabt hatte. Dabei war er davon ausgegangen, offen allem gegenüber zu sein. Bis er direkt betroffen war.

Wir hätten uns gestritten und er hätte nicht mehr mit mir gesprochen. Damit wären wir genau an dem Punkt, den wir jetzt hatten. Oder schlimmer. Dann wäre Shelly - Stopp.

Er musste aufhören, sich in ‚Was-wäre-wenn'-Gedanken zu verlieren. Die Situation, die sie jetzt hatten, damit mussten sie alle umgehen. Trotzdem würde Aiden das Gespräch zu Calvin suchen. Vielleicht saßen sie dann irgendwann wieder nächtelang zusammen und dachten sich PC-Spiele aus. Er hoffte es.

Das Aufleuchten des Handydisplays lenkte seine Aufmerksamkeit von Calvin ab.

Sarah: Bist du noch wach? Ich kann nicht schlafen.

Aiden: Ja. War ein bisschen viel heute.

Sarah: Magst du reden?

Aiden: Ja, besser als die Decke anzuschauen.

Die beiden Häkchen waren kaum blau geworden, da bekam Aiden eine Anfrage auf einen Videoanruf. Er nahm ihn an.

»Moment, ich mach Licht an.« Er streckte sich nach dem Schalter der kleinen Lampe an der Wand. »Passt das so?«

»Ja. Wie geht es Calvin?«, fragte Sarah. Sie hatte ihre Haare zu zwei Zöpfen geflochten und erinnerte Aiden an Wendnesday Adams. Ob sie sich überreden ließ, beim nächsten Halloween in ein Kostüm von ihr zu schlüpfen?

»Der ist mit Shelly auf sein Zimmer verschwunden. Die sind beide fast im Auto eingeschlafen. Hand in Hand.«

»Wie süß. Sie haben viel durchgemacht. Ich hoffe, dass sie jetzt zur Ruhe kommen.«

»Ich wünschte nur, Calvin hätte mehr Vertrauen zu mir gehabt. Aber ich kann ihn verstehen.« Er schüttelte den Kopf. »Ach, ich weiß nicht.«

»Sei ihm nicht böse.«

»Bin ich nicht. Ich hätte es nicht anders gemacht, glaube ich. Meinst du, dein Vater will uns wirklich unterstützen?«

»Auf jeden Fall. Er war sehr offen zu Calvin. In der letzten Zeit hat er davon gesprochen, seinen Posten zu schmeißen, weil er kaum Erfolge sieht. Aber er will die Menschen nicht im Stich lassen. Wer weiß schon, was sein Nachfolger machen würde.«

»Ich hoffe, dass er bleibt. Jetzt ist mir ja klar, warum so wenig passiert.«

»Es passiert viel. Hinter den Türen und in den Büros.«

Aiden nickte. Das war etwas, was an die Menschen weitergetragen werden musste. Nicht nur die Kerzen.

»Ich fand es echt mutig von dir, dass du dich an meinen Vater gewendet hast. Im schlimmsten Fall hättest du Calvin direkt ausgeliefert.«

»Gut habe ich mich nicht gefühlt, aber ich kenne mich. Wenn ich das allein gemacht hätte, wäre das anders ausgegangen. Die Ruhe von deinem Vater, hätte ich nicht gehabt.«

Sie lächelte.

Sein Herz tanzte.

»Sag mal ...« Sie hielt die Luft an. »Ich ...« Sarah schaute zur Seite. Aiden war sich unsicher, ob es das Licht von Sarahs Schreibtischlampe war oder sie wirklich rot wurde.

»Ja?«, fragte er leise. Er glaubte zu wissen, was sie sagen wollte. In Hollywood war die Liebe etwas, was wie ein Tsunami über die Charaktere kam. Bei Aidens Eltern war es auch gewesen. Sie hatten sich auf einem Stadtfest kennengelernt, kurz bevor sein Vater auf See fuhr. Als das Schiff nach Monaten zurückkehrte, wartete Aidens Mutter am Kai auf ihn. Sie hatte die ganze Zeit über an ihn gedacht.

Bei Jill und Nathaniel hatte es nur eine Woche gedauert.

»Könntest du dir mehr vorstellen? Mehr als Freundschaft?«, wollte Sarah wissen. Ihre Stimme war wie ein sanfter Wind im Frühling.

Aiden hatte Sarah beim ersten Aufeinandertreffen nur als Randfigur im Leben von Nathaniel wahrgenommen. Zusammen hatten sie die Wohnung für ihn und seine Mutter renoviert und die Sachen aus dem Haus auf den Klippen geholt.

Erst als Sarah mit in die Halle gekommen war, hatten sie sich angenähert.

»Ja, das könnte ich.«

Die folgende Stille war eine Mischung aus Schmetterlingen im Bauch und der Angst, dass er eingeschlafen und alles nur ein Traum war.

»Dann sind wir zusammen?«, fragte Sarah.

»Ich denke schon.« Aiden hatte nicht gewusst, dass sein Körper, außerhalb von Sport, eine solche Hitze entwickeln konnte. Vor allem eine, die sich ständig mit einer Gänsehaut abwechselte.

»Können wir uns morgen sehen?«

Seine Stimme versagte. Er nickte eifrig.

»Schreibst du mir, wenn du wach bist?«

»Ja.« Verdammt, hatte sie das hören können?

Sie warf ihm einen Kuss durch das Display zu. »Dann bis morgen.«

»Bis morgen. Schlaf gut.«

»Das werde ich. Jetzt muss ich nicht mehr wachliegen und mich fragen, ob du auch was für mich fühlst.«

Dafür ahnte Aiden, dass er diese Nacht wenig Schlaf finden würde. Sein Kopf musste diesen Tag erst einmal verarbeiten und gleichzeitig entstand die nächste Unruhe. Er musste sein Zimmer endlich aufräumen. Der letzte Versuch war ja abrupt unterbrochen worden.

Kapitel 16

»Bist du bereit?«, fragte Jill und drückte Nathaniels Hand. Er sah an dem Betonklotz vor sich hinauf. Konnte er dafür bereit sein? Nathaniel war über das Wochenende hunderte mögliche Wendungen des Gesprächs durchgegangen, in der Hoffnung, dass eine davon eintraf. Wer wusste schon, was sein Vater aus dem Ärmel zog, womit Nathaniel nicht rechnete.

»Ich weiß, was ich ihm sagen will«, antwortete Nathaniel. Es passte nicht auf Jills Frage, aber er wollte ihr etwas Positives sagen und nicht seine Sorgen an sie weiterleiten.

»Aber?«

»Wenn er merkt, dass es nicht läuft, wie er will, ist er unberechenbar.« Das würde jetzt sicher zu Jills Beruhigung beitragen - nicht.

»Noch kannst du es dir überlegen.« Jills Blick sprach Bände und flehte ihn an, einfach umzudrehen.

»Ich ziehe das durch. Kneifen ist nicht.« Er ließ ihre Hand los und stellte einen Fuß auf die erste Stufe.

»Ich warte hier draußen.«

Er nickte. »Es wird nicht lange dauern.«

Im besten Fall würde Nathaniel seinem Vater die Meinung sagen, sich umdrehen und gehen. Das war der Ausgang, den er sich wünschte. Mehr zu sagen hatte er ihm ohnehin nicht.

Nathaniel zählte die Stufen, bis er vor der Tür des Gefängnisses stand. Es waren Zwölf. Mit jeder von ihnen kehrte die Unruhe zurück. Er schaute ein letztes Mal zu Jill. Sie hatte die Hände vor der Brust gefaltet und nickte ihm aufmunternd zu.

Dann stieß er die Tür auf.

Im Eingangsbereich saß eine Frau hinter einer Glasscheibe. Sie hob den Kopf, als Nathaniel auf sie zukam.

»Was kann ich für Sie tun?«, fragte sie.

»Nathaniel Alister, ich bin für ein Treffen mit meinem Vater angemeldet.«

»Einen Moment bitte.« Sie drehte sich auf dem Stuhl zum PC und zog ihre Brille von ihrem Kopf auf die Nase. »Ah, ja. Ich rufe jemanden, der Sie zu ihm bringt.«

»Danke.«

Warum mache ich das?

Nathaniel dachte zurück an die Gerichtsverhandlung. Sie war kurz auf die Verhaftung seines Vaters gefolgt und, zur Erleichterung aller, nicht zu einem Justizschauspiel geworden. Der Anwalt seines Vaters hatte den Ruf, jeden vor dem Gefängnis bewahren zu können. Die Anwältin hatte Nathaniel und seine Mutter auf einen langen Prozess eingestellt. Einen mit Unterbrechungen, plötzlich auftauchenden Zeugen und zusätzlichen Psychospielchen. All das war nicht passiert. Die Beweislast war zu erdrückend gewesen.

Ein Wachmann betrat den Eingangsbereich und sprach

kurz mit der Frau an der Anmeldung. Dann winkte er Nathaniel zu sich.

»Folgen Sie mir bitte.«

Ich wollte ihn nie wieder sehen, dachte Nathaniel mit einem Blick auf den Rücken des Wärters.

Die frisch geschlossenen Wunden waren aufgebrochen und hatten Fragen mit sich gebracht. Wie viel hatte Nathaniel nur verdrängt, statt zu verarbeiten? Spielte er sich schon wieder selbst etwas vor, wenn er sagte, es ginge ihm besser?

Und erwartete er zu viel von sich? Unbewusst? Er musste ständig die Stimme in seinem Hinterkopf zurückdrängen, die von ihm verlangte, siebzehn Jahre in wenigen Monaten aufzuarbeiten. Das ging nicht. Das wusste er. Warum musste sein Vater ihm das noch schwerer machen?

Die Wache öffnete eine Tür mit der Aufschrift Besuchsraum. Ein kleines Zimmer, geteilt von einer Wand in der Mitte mit eingesetzter Scheibe. Ein Stuhl stand davor und an der Wand hing auf jeder Seite ein Telefon.

»Er wird gleich hier sein«, sagte der Wärter und verließ den Raum.

Damit war Nathaniel allein mit sich und seinen Gedanken. Das Warten stellte sich als schlimmer heraus als der Weg zum Gefängnis. Bei jedem Geräusch, das zu ihm durchdrang, spürte Nathaniel seinen Puls beschleunigen. Seine Hände schwitzten. Noch hatte er die Möglichkeit zu gehen. Einfach verschwinden und sein Versprechen an sich selbst einhalten, seinen Vater nie wieder zu sehen. Wenn da nicht sein Stolz wäre.

Hier kann er mir nichts, beschwor er sich.

Die Tür auf der anderen Seite öffnete sich. Sein Vater kam mit gesenktem Blick, hängenden Schultern und schwerem Gang herein. Wer ihn nicht kannte, hätte Mr. Alister den gebrochenen Mann sofort abgekauft. Nathaniel nicht. Spätestens in dem Moment, als sein Vater sich ihm gegenübersetzte und den Kopf hob. In seinem Blick lag nur eiskalte Berechnung. Egal wie sehr er sich um ein warmes Lächeln seinem Sohn gegenüber bemühte. Seine Augen verrieten ihr.

Mr. Alister musterte seinen Sohn.

Er braucht seine ganze Beherrschung, stellte Nathaniel mit Zufriedenheit fest. Was störte ihn am meisten? Nathaniels Haare, die er zusammengebunden hatte, die Schrammen an seinen Finger, die nur vom Parkour stammen konnten? Das weite T-Shirt? Oder die Tatsache, dass er Nathaniel nicht dafür angehen konnte, wenn er seine Maskerade aufrecht erhalten wollte?

Sein Vater nahm den Hörer in die Hand. »Es freut mich, dass du gekommen bist.« Die Freundlichkeit in seiner Stimme war voller Zwang. »Du hast mir gefehlt.«

»Ich glaube dir kein Wort. Nach deinen Geschäftsreisen hast du mich nicht einmal begrüßt, wenn du nach Hause gekommen bist.« Nathaniel hatte einen kurzen Moment überlegt, ob er ein wenig auf das Spiel seines Vaters eingehen sollte. Nur um ihn zu ärgern. »Komm zum Punkt, was willst du?«, fragte er stattdessen mit kühlem distanzierten Ton.

Jill hatte Nathaniel gefragt, ob das Eingehen auf die Einladung, auch ein Stück weit Rache sei. Am Anfang war es das gewesen. Nur je mehr er darüber nachdachte, desto unglücklicher war er mit dem Gedanken geworden. Rache war etwas, was er von seinem Vater kannte. Psychospielchen treiben, bis sein Gegenüber fertig mit sich und der Welt war. Nathaniel wollte nicht wie sein Vater sein. Er wollte das hier nur noch über die Bühne bringen.

»Meinen Sohn sehen«, antwortete sein Vater laut genug, damit der Wärter an der Tür es auf jeden Fall hören konnte.

»Du hattest nie echtes Interesse an mir. Du wolltest aus mir eine Kopie von dir machen und rumzeigen, wie einen Pokal.«

»Ich habe eingesehen, dass es falsch war. Ich möchte zu dir finden und dich wirklich kennenlernen.«

»Dafür hattest du siebzehn Jahre Zeit. Der Zug ist abgefahren.«

»Nathaniel, lass uns reden. Über was du willst. Schule, Parkour oder deine Freundin. Wie hieß sie noch?« Sicher wollte er verzweifelt klingen. Nathaniel hörte die Agression dahinter deutlich heraus. Es lief absolut nicht, wie er sich das vorgestellt hatte.

»Nein. Es gibt nichts, worüber ich mit dir sprechen wollen würde. Dachtest du, du könntest mich mit ein paar netten Worten auf deine Seite bekommen? Vergiss es. Ich will keinen Kontakt zu dir. Du bist mein Erzeuger, aber du warst nie ein Vater und wirst es nicht werden.«

Auf der Stirn seines Vaters zuckte eine Ader. »Du bist ein undankbarer Nichtsnutz.«

Die Zeit hinter Gittern hatte ihn in einer Hinsicht doch verändert. Sein Geduldsfaden war kürzer geworden. Ein Zeichen für Nathaniel, dass sein Vater unter den Umständen litt. War dieser Schritt, auf seinen Sohn zuzugehen, ein Akt der Verzweiflung gewesen? Möglich. Änderte es irgendetwas an Nathaniels Einstellung zu ihm? Nein.

»So kenne ich dich. Lass es nur raus. Aber ich höre mir das nicht mehr an. Für mich bist du tot.« Nathaniel hängte den Hörer ein und sah an seinem Vater vorbei zu der Wache.

Der kräftige Mann nickte ihm zu. Nathaniel ging zu Tür. Ein letzter Blick zurück. Sein Vater tobte. Der Wachmann packte seine Arme und legte ihm die Handschellen an. Das war das Bild, was er seinem Sohn gegenüber immer gezeigt hatte.

Der Moment, als sich die Tür hinter ihm schloss, fielen Nathaniel Steine von den Schultern ab. Die ganze Nacht hatten sich seine Gedanken um diesen Besuch gedreht, jetzt war es vorbei. Er fühlte sich viel leichter. Es war die richtige Entscheidung gewesen, hierherzukommen.

Jill wartete vor dem Gebäude. Ohne ein Wort zu sagen, schloss sie ihn in die Arme. Sie fragte nichts. Sie war einfach nur da. Das war es, was Nathaniel an ihr liebte. Sie wartete, bis er bereit war, zu reden.

»Ich glaube, jetzt ist es wirklich vorbei«, flüsterte er. »Ich habe ihm gesagt, dass ich nichts mehr mit ihm zu tun haben will.«

»Hoffen wir, dass er es auch so sieht.«

Das hoffte Nathaniel auch. Er wusste nicht, was sein Vater seinem Anwalt sagte, aber der Wärter war ein glaubwürdiger Zeuge. Für ihn war die Sache damit abgeschlossen.

»Was hältst du davon, wenn wir zu mir gehen?«, fragte

Jill. »Kuscheln und eine Serie schauen?«

»Ja, das hört sich gut an.« Nathaniels Muskeln ließen den Stress von sich abfallen. Sitzen und nichts tun war eine gute Aussicht.

Kapitel 17

»Und deswegen«, Calvin schluckte und ließ den Blick zum Boden der Halle gerichtet, »möchte ich euch um Hilfe bitten.«

Shelly legte ihren Arm um seine Schulter und lächelte.

»Ich bin dabei«, sagte Nathaniel. Aiden hatte seine Freunde im Vorfeld aufgeklärt, mit was Calvin an sie herantreten wollte.

»Du?« Calvin hob den Kopf. »Gerade du?«

»Warum nicht?«

»So wie ich zu dir war.«

Nathaniel zuckte mit den Schultern. »Ist vergessen.« Er hielt Calvin die Hand hin.

Zögerlich starrte Aidens Bruder darauf, als könnte sie mit einer giftigen Substanz überzogen sein und Nathaniels Angebot für einen Neuanfang nur ein Täuschungsmanöver.

Shelly stieß Calvin mit ihrer Schulter an. »Na los«, flüsterte sie ihm zu.

Nathaniel musste sich ein Schmunzeln verkneifen. Er verstand Calvin. Als Aiden ihnen erzählte, was es mit den Kerzen auf sich hatte, hatte Nathaniel eine vertraute Seele in Calvin gesehen.

»Danke.« Calvin schlug ein und rang sich ein schüchternes Lächeln ab.

»Wenn der Bürgermeister Stress macht, kannst du das mir überlassen. Ich habe da Erfahrung.«

»Ich weiß.«

»Ach?« Nathaniel neigte den Kopf.

»Ich habe ihm gesagt, er soll nach deinem Namen googeln«, klärte Aiden ihn auf.

Nathaniel legte die Hand in den Nacken und fuhr sich durch die Haare am Hinterkopf. »Okay.«

»Ich bin auch dabei«, sagte Jill und sah zu Nathaniel. »Und wenn ich nur verhindere, dass du wieder umziehen musst, weil du alles auf den Kopf stellst.«

Er verzog das Gesicht. »Ich hatte jetzt nicht vor, mit Fackeln und Mistgabeln beim Bürgermeister im Büro aufzutauchen.« Am liebsten wäre es ihm, den Mann gar nicht treffen zu müssen.

»Ich wäre auch gerne dabei«, bot Steve an. »Also, wenn du mich dabeihaben möchtest.«

Shelly nickte eifrig. »Je mehr, desto besser. Nicht wahr?«

»Natürlich, aber«, Calvin schüttelte den Kopf, »ich komme nicht drauf klar, dass ihr alle helfen wollt.«

»Manchmal braucht es nur einen Mutigen, der den Anfang macht«, sagte Jill.

»Ja, schon. Aber Sarah und Steve haben damit nichts zu tun. Warum macht ihr das? Euch könnte es egal sein, was bei uns abläuft«, wollte Calvin wissen.

»Mein Freund wohnt in den Vierteln und arbeitet in einem kleinen Fotogeschäft. Ich will nicht, dass er irgendwann die Knarre vor die Nase gehalten bekommt. Außerdem haben meine Eltern viele Kunden in den alten Vierteln, weil dort regelmäßig Security gebraucht wird. Das kostet die Ladenbesitzer Geld und Nerven, was sie anders besser gebrauchen können. Sie bekommen von meinen Eltern zwar Sonderkonditionen, aber das Personal möchte ja auch fair bezahlt werden. Vielleicht könnte ich da ein paar Kontakte für die Protestaktion herstellen.«

»Und was sagen deine Eltern dazu? Dann hätten sie weniger Kunden.«

»Ihnen wäre wohler, wenn sie ihre Angestellten in weniger gefährliche Jobs schicken könnten. Glaub mir. Einer wurde schon angeschossen. Wer bei einer Sicherheitsfirma arbeitet muss damit zwar rechnen, aber ich habe mitbekommen, dass die psychische Belastung in den Alten Vierteln sehr hoch ist.«

Dem konnte Nathaniel nur zustimmen. Er war mit Betreten der Straße automatisch in Alarmbereitschaft, auch wenn es, je länger er in den Vierteln wohnte, weniger bewusst passierte. Und es sah nicht so aus, als könne es sich in den nächsten Monaten bessern.

»Ich könnte bei Mrs. Bandlow anfragen, ob sie etwas tun kann«, schlug Sarah vor.

»Eure Schulleiterin?«, fragte Calvin.

»Ganz genau. Sie hat kurz nach ihrem Studium ein paar Jahre an eurer Schule unterrichtet. Was haltet ihr von einem Freundschaftsspiel der beiden Basketballmannschaften. Da können wir Spenden sammeln, die an eure Schule gehen.«

Calvin blinzelte. »Gleich so was Großes?«

Sarah zog eine Augenbraue hoch.»Wolltest du jetzt Aufmerksamkeit oder nicht?«

»Schon. Also gut, fragen kannst du ja.«

Siehst du Calvin, das hättest du gleich haben können. Aber gut, dass es jetzt so läuft, freute sich Nathaniel über die Zustimmung, die der Junge bekam. Er wusste, wie schwer es war, allein zu kämpfen. Bei seinem Versuch das Jugendzentrum in seinem Stadtteil in Seattle zu retten, hatte er lange auf einsamen Posten gestanden.

»Du weißt schon, wie gut die sind?«, riss Aiden Nathaniel aus seinen Gedanken.

Steve lehnte sich nach vorn.»Angst?«

»Pah!« Aiden winkte ab.»Mit Nathaniel könnten wir eine Chance haben.«

»Moment mal!« Steve zog die Augenbrauen zusammen und sah zu Nathaniel.»Hast du nicht gesagt, dass du kein Interesse daran hast, in eine Basketballmannschaft einzutreten, und jetzt spielst du da?«

»Also«, Nathaniel legte die Hand in den Nacken,»Jill hat mich überredet, und eigentlich sollte ich nur Ersatzspieler sein. Dass es immer zu wenige Spieler sind, hat mir keiner gesagt.«

Steve wandte sich an Jill.»Wie oft musstest du ihn fragen?«

»Ein Mal«, antwortete sie unschuldig.

»Einmal?« Steve rückte an Nathaniel heran.»Einmal, und ich habe dich in drei Monaten nicht überreden können?«

»Das waren andere Umstände«, verteidigte er sich.

»Ich lass das mal gelten. Aber glaub nicht, dass du es

165

leicht mit mir haben wirst. Da geht es um die Ehre, verstanden?«

»Absolut.«

»Hey, langsam!«, fuhr Calvin dazwischen. »Da steht noch gar nichts fest.«

»Ich versuche auch mal, mit unserer Schulleitung zu sprechen«, überging Shelly ihren Freund. »Wir haben bald das Sommerfest und da könnte man eine kleine Ausstellung machen. Wenn wir Plakate drucken, die groß genug sind, dass jede Klasse ihre Wünsche aufschreiben kann . . . «

»Shelly.« Calvin bemühte sich, sie auszubremsen.

»Das ist gut. Soll ich mitkommen?«, bot Nathaniel an.

»Ach, willst du deinen Charme spielen lassen?«, fragte Jill.

»Wenn ich schon lernen musste, wie man sich möglichst gut ausdrückt, kann ich das nutzen.«

»Also Charme«, stellte Jill fest.

»Nein, Diplomatie.«

»Hast du die in Seattle auch eingesetzt?«

»Laut Mrs. Bandlow habe ich wie ein Anwalt geklungen. Und beim Bürgermeister wäre ich mit Charme sicher nicht weitergekommen.«

Jill lachte. »Da hast du recht.«

»Siehst du, ich habe dir doch gesagt, dass du hier Hilfe bekommst«, meinte Sarah und sah mit einem milden Lächeln zu Calvin.

»Ja, obwohl ich so arschig zu euch allen war.«

»Du hattest deine Gründe und jeder hat eine zweite Chance verdient. Also lass uns Gedanken machen, wie wir das alles umsetzen«, sagte Nathaniel.

Aiden nahm das Handy aus der Tasche. »Dann sollten wir einen Plan machen, wer …« Er verstummte, als ihn alle anstarrten. »Was habt ihr denn?«

»Plan? Du und ein Plan?«, hinterfragte Calvin skeptisch.

»Hey Leute!«, rief David in die Halle und stellte sein Fahrrad an der Wand ab. »Sorry, dass ich zu spät bin.«

»Kein Problem. Bist du nicht aus dem Laden gekommen?«, wollte Steve wissen.

»Doch. Aber ich musste die neue Ausgabe der Zeitung kaufen, für die ich die Wettbewerbsfotos gemacht habe.«

»So schnell haben sie die ausgewertet?«, fragte Jill.

»Es durften nur Fotografen aus Port Cliff mitmachen und das waren nicht viele.« Er zog die zusammengerollte Zeitung aus dem Rucksack.

»Hast du schon geschaut?«

David schüttelte auf Nathaniels Frage den Kopf. »Ich wollte das mit euch zusammen machen. Also, wenn wir die Zeit haben.«

Sarah stand auf und stellte sich hinter David. »Sicher, jetzt sieh nach.«

Nachdem sich alle um sie herum gesammelt hatten, schlug David mit nervösen Händen die Zeitung auf.

Die Fotos waren in umgekehrter Reihenfolge abgedruckt, dass das Siegerbild als Letztes kam. Davids Anspannung stieg mit jeder Seite, die er umblätterte.

»Okay, jetzt ist es wirklich alles oder nichts.« David blätterte mit geschlossenen Augen auf die nächste Seite.

»Das ist ja Steve!«, rief Sarah und ihre Stimme hallte an den Wänden der Halle wider.

Das Foto zeigte ihn mitten im Sprung auf seinem Skateboard, mit dem Skelett des Schiffs im Trockendock unscharf im Hintergrund.

»Dem Bild hätte ich jetzt die wenigsten Chancen eingerechnet.«

»Danke«, antwortete Steve beleidigt.

»Nein, weil ich es aus einem Bauchgefühl heraus eingeschickt habe. Ich dachte, es wäre von der Fotoqualität zu schlecht.«

Steve legte seine Arme um David. »Und was hat dein überaus einfühlsamer Freund darüber gesagt, wie das bei dir mit dem Denken und den Fotos ist?«

Röte schoss David ins Gesicht. »Ist gut. Hast ja recht.«

Die Freunde lachten. Dann entfernte sich Shelly von der Gruppe.

»Was hast du?«, fragte Calvin.

»Die Akustik hier drin. Habt ihr das nicht gehört? Als Sarah gerufen hat und das Lachen von uns, das klang gut.« Sie drehte sich einmal um sich selbst. »Bevor mein Bruder starb, habe ich viel gesungen. Danach hatte ich keine Kraft mehr dafür. Aber jetzt ...« Sie schüttelte den Kopf, senkte den Blick und fing leise an zu Summen.

Das ist doch Party in the U.S.A.!

Shelly begann zu singen. Sarah bewegte lautlos ihre Lippen, bevor sie nach wenigen Zeilen einstimmte und kurz darauf war auch Jills Stimme zu hören. Shelly schaute auf. Sie hatte Tränen in den Augen.

Etwas, das durch den Tod ihres Bruders unter einer dicken Eisschicht versunken gewesen war, brach an die Oberfläche.

Wie hilflos sie sich gefühlt haben muss, als niemand bestraft wurde. Und jetzt hat sie neben Calvin auch uns. Sie ist nicht mehr allein. Nathaniel kämpfte dagegen an mitzusingen. Wenn er einen Song von Miley Cyrus auswendig kannte, würde ihm das ewig nachhängen. Nur riss ihn der Klang der Musik und die Freude, die Shelly ausstrahlte, mit. *Was soll 's.*

Er sang mit und neben ihm begann auch Aiden, erst leise, dann immer lauter, zu singen. Dann kamen auch die Stimmen von Steve und Calvin dazu. Nur David stand daneben und lauschte.

Nathaniel sah zum Eingang der Halle. Die Sonne schien vom Himmel und eine Möwe zog vor dem Tor vorbei.

Ja, so kann es bleiben.

Hat dir die Geschichte gefallen? Wenn du mich unterstützen möchtest, würde ich mich über eine kleine Rezension freuen. Entweder auf den gängigen Online-Plattformen oder auch per Mail auf meiner Website: www.fliegende-gedanken.de Dort findest du Links zu meinen Social Media Accounts und kannst dich für den Newsletter anmelden, um nichts mehr zu verpassen. Außerdem gibt es dort Leseproben zu all meinen Texten.

Meine Kurzgeschichten als E-Book

Du bist faul!
Du willst nur nicht!

Vorwürfe, die Linus auch nach seiner Therapie zu hören bekommt. Wie viel Kraft ihn der tägliche Kampf kostet, sehen nur wenige. Als er vorzeitig von der Schule heimkommt, hagelt es erneut abfällige Kommentare und Linus zieht sich mit seiner Gitarre in den Park zurück. In der Hoffnung, dort allein zu sein. Er braucht eine Lösung. Sonst ist die Therapie umsonst gewesen.

GITARRISTEN
weinen
NICHT

Ferra Reed

Stell dich nicht so an.
Ignoriere sie einfach.
Du bist doch selbst schuld, wenn du immer gleich heulst.
Klärt das unter euch. Ihr seid alt genug.
Du musst auch mal lernen, Spaß zu verstehen.

Auf Hilfe kann Sam in der Schule nicht hoffen. Schließlich ist er an seiner Situation schuld. Was ihm bleibt, um nicht ganz zu zerbrechen, ist Musik. Musik fragt nicht und sie bringt manchmal auch Menschen zusammen.

Beide Kurzgeschichten gibt es in allen gängigen Shops wie Amazon oder Thalia für 0,99€.